翼をつくる金魚たち

千田ふみ子作品集

翼をつくる金魚たち　千田ふみ子作品集　もくじ

Ⅰ　童話

Ⅱ　詩　エッセイ　創作

I　童話

はしをわたって

おとうさんのかえる日

「まじまくん、きょう　学校のかえりに　ぼくんちおいでよ」

せいたかのっぽの　山下くんが、ミキオを　みおろしていう。

「うん　いく」

ミキオは、みるみる　あかくなりながら、こたえた。

「よしっ、こいよ」

山下くんは、まるで　おとなのように　そういうと、バタバタと、運動場へ　かけだしていった。


山下くんのうちへ　いくのには、あのはしを　わたる。

そうおもったら、ミキオは　むねが　わくわく　してきた。あのはしは、学校のすぐよこに　あるのに、ミキオは、まだ　たったの一ども、わたったことが　ない。

ほうかご、山下くんたちが　ぞろぞろと、あのはしをわたっていくたびに、うらやましく　みおくった。あのはしの　むこうには、とても　いいところが　あるような気がした。そして　じぶんは、とおるくんや　まゆみちゃんと、はしとは　反対の方

向へ　かえるのだった。
　山下くんが　かけて　いった　運動場に　土けむりが、サーッと　はしる。
　ミキオは　そのとき、たいへんなことを　おもいだして、ハッとした。
　三ヵ月も　かえらなかった　おとうさんが、きょう　かえってくるのを　おもいだしたのである。それに　学校のかえりに、より道するのは、いけないことも。おまけに　きょうのごご、二年生は　インフルエンザの　よぼうせっしゅだ。
　さっき「いく」と　こたえたけれど、ミキオは、だんだん　しんぱいに　なってきた。
　ほけんしつの　まえの　ろうかには、よぼうせっしゅの　長い　ぎょうれつが　できた。
　クラスで、一ばん　せいが高い　山下くんは、もう　すんで、セーターを　めくりあげた　うでを、かたっぽの　手で　かばうように、ミキオの　よこを、とおっていった。とおりながら、ミキオに　めくばせをする。ミキオは、半分わらって、半分泣くような、かおをする。
――ミキオちゃん、きょうは　おとうさんが、かえってくる日だからね――

おかあさんが、けさ、うきうきして　いったっけ。
どうして　よりによって、山下くんは、きょう　ぼくを　さそったのだろう。まずいや。
ほけんしつの　まえの　ぎょうれつが　少しずつ　うごいているあいだ、ミキオは、一しょうけんめいかんがえた。そして、きめた。
――もう、へんじ　しちゃったんだから、やっぱり　いこう――
そうしたら　きゅうに　さっぱりと　いい気もちに　なった。

ノッポとふとっちょが…

学校が　おわると、ミキオは、山下くんに　つれられて、あのはしを　わたった。三田くんも　川原くんも、わんぱくな　たっちゃんも、みな　いっしょだ。
はしの下を　のぞいてみたら、せんろ　だった。
あまり　電車が　こないらしく、二本の　せんろは、ひまそうに　ひっそりしていた。りょうがわの　コンクリートのかべには、ざっそうが、はえて　いる。二本の

せんろの　さきは、そのまま、すこしさきの　トンネルに、はいって　つづいていた。

「ランドセルもって、よそのうちへいっちゃ、いけないんだよなあ」

たっちゃんが、おおきなこえで　いったので、はしから　下をみていた　ミキオは、びっくりした。

「いいじゃないか」

山下くんが　いいかえした。

「いけないんだぞう」

たっちゃんは、はなのつまった　へんなこえで　いいながら、ぞうりぶくろを、ドスンと　ミキオの　ランドセルに　ぶつける。

「まじまくんは、ぼくんち　しらないから　ひとりで　こられないんだもの、いいじゃないか」

山下くんが　いう。

「いけないんだぞう」

たっちゃんは、山下くんには　こたえないで、ぞうりぶくろを　また、ミキオにドスンとあてる。

「バカヤロー。よわいものいじめするな」

山下くんは　おこって、たっちゃんに、たいあたりした。

たっちゃんも　まけない。グリグリめだまを　うごかして、くちをあけて、山下くんに　くみついていった。

せいたかのっぽの　山下くんと、ふとって　小さい　たっちゃんは、くみついてはなれない。

ミキオはかたくなっていた。

——よわいものいじめするな——

と、いわれた　じぶんが、ほんとうに　よわいものに　なったような　気もちだ。

とつぜん、ゴーッと、うなるように　トンネルがなった。

「電車だ」

三田くんが　さけんだ。

みんなは、先を　あらそって、ミキオのまわりにあつまって、はしから　みおろした。

赤と黄色の　電車が、トンネルから　あらわれる。「品川ゆきだ。わーい」

たっちゃんも、はなのつまった　こえをあげた。

けんかは、いっぺんに　ふっとんだ。山下くんと　たっちゃんのほっぺたに、いくつも　赤い　ひっかき　きずが、できていた。

ヤマシタデンキショーカイ

道を、なんども　まがった。

しずかな　じゅうたくがいを　ぬけて、ひょっこりと、しょうてんがいに　でた。

「ここだよ」

山下くんが、にっと　わらう。ガラス戸が、ピカピカ光る　ひろい　みせが、山下くんの　うちだった。

「なんてよむの」

たてにも　よこにも、むずかしい　字の　ならんだ、かんばんがある。

「ヤマシタデンキショーカイ。テレビ　レイゾウコ」

うたうように　よんで、山下くんは　ガラス戸をあける。

みせの　中は、ひろかった。目のまえに　電気せんたくきが、ずらりと　ならび、

となりの　れつには、れいぞうこが　ならび、なんだいも　おかれた　テレビの中に、そろって　おなじ人が　うつって、おなじように　うごいている。

みせで　はたらいている　おにいさんのような　人が　ふりむいた。

「おかえり。クンちゃん」

そのこえで、きゃくと　はなしていた　おじさんも、こちらを　むいた。めがねのおくに、やさしい　ほそい目がある。

ミキオは、ぼんやりと　つっ立っていた。

「こっちだよ。まじまくん」

みせから　いっぽ　はいると、すぐ　たたみの　へやで、まん中に　ふるい　ちゃいろのテーブルが　デンと　すわっている。

「かあさーん。おなかがすいた」

山下くんと　そっくりの　せいの高いおばさんが　あらわれた。

「おともだち？　あらまあ　ランドセルしょったまま」

おばさんは　わらった。

ミキオは、ランドセルを　おろすと、かしこまって　すわった。

さいしょに、みせの　おにいさんが　のぞいた。

「なんだい、クンちゃんのかおは。さては、やったな」

「あらほんとだ」

カリントウを　たくさん　もりあげた　かしばちを、もってあらわれた　おばさんも、山下くんの　かおのきずを、あらためて　ながめる。でも、おばさんは　それきりだった。

――うちの　おかあさんだったら、しんぱいそうに、ねほり　はほり、きかれるところだ――

そう、ミキオは　おもった。

「こんにちは」

ひきもきらず、きゃくがきて、おじさんも　おにいさんも　おねえさんも　いそがしそうだ。たくさんの　人が、でたり　はいったり　した。そのたびに、おばさんが、おおきな　こえで　わらいながら、はなしをする。

そのうち、山下くんが「こい」という　あいずをして　たった。ミキオも　だまって　たちあがった。

せまい　かいだんを　きしきしあがって、山下くんの　へやへ　はいると、すぐ

たいせつな　たからのはこを、だして　みせてくれた。

中には　電気きぐのぶひん、かん電ち、みどりいろの石、しんだ　てんとうむし、シールなどが、ごちゃごちゃ　はいっていた。

しばらくながめてから、山下くんは　たって、こんどは、まどから　外を　ゆびさした。

「あのうちをみろ。あれが、たっちゃんのうちだ」

赤いやねに、テレビの　アンテナが、にゅーと　つきでている。

「たっちゃんは、いつも　さかえちゃんを　いじめるだろう。女いじめだ。だから、ぼく　あした　けっとうをする。ぼくは　せいぎのみかただ」

山下くんは、くちを　一もんじに　むすんで、やねの　ほうを　じっとみすえた。

それから、ゆっくり　むきをかえて、

「ミキオ、ぼくのみかたを　するか？」

とたずねた。

——けっとうだって？——

ミキオは、むねが　いたくなり、そわそわした。

「おまえのうちは、おとうさんが　いないんだろ？　たっちゃんが——ミキオは、お

かあさんと　ふたりっきりで、あまったれのよわむしだ――って　いったもの」

「ぼくんち、おとうさんいるぞ」

ミキオは、むちゅうで　いいかえした。

「ほんとか？」

山下くんは、ねんを　おした。

「ダムを　作りにいって、ずっと　いないけど、おとうさん　いるもん」

「ダムってなんだ？」

「水をためる、こんなに　こんなに　おおきなところさ。その水の　ちからで、電気を　おこすんだ」

ミキオは、手を　ひろげて　せつめいした。

「電気って、うちでやってる　あれか？」

「うちのおとうさんは、いつもどこかとおくの　しごとを　してるから、それで　いつも　いないんだ。でも、いるよ」

「おまえが　つよくなるように、これをやる」

山下くんは、たからの　はこを　ガサガサと　ひっくりかえして、一まいの　シールを　だした。

それから、めいれいするように　いった。

「あしたは、これを　うでに　はってくるのだ。ぼくも、これを　はる」

シールには、つよそうな　ウルトラマンの　えが　かいてある。

「ぼく　かえる」

ミキオは、シールを　ひったくって、たちあがった。よわむしと　いわれたことで、おこっていた。

だけど、やっぱり　よわむしだと、じぶんでも　しっていた。

「おくって　やろうか？」

山下くんが、いったとき、ミキオは、きっぱり　いいきった。

「いらない。ひとりで　かえれるもん」

ぼくはよわむしじゃない

たしか、ここのかどで　まがった。いや、ここは　まっすぐかもしれない。あんなかきねが　あったかしら。ミキオは　いっしょうけんめい　かんがえてあるいた。ど

のいえも　どのまがりかども、おなじに　みえる。どうも、だんだん　ちがうところへ　いってしまうようだ。

あのはしへ　たどりつけない。

ミキオは、こばしりに　なった。よぼうちゅうしゃのせいか、なんだか　頭がいたい。とうとう　道は、まったく　わからなく　なった。

ランドセルが、カタカタ　ゆれるのさえ、ミキオを、もっと　かなしくした。もう、なにも　わからず、あるきまくる。

ミキオが、ほそい　ろじへ、はいろう　としたとき、おおきな　犬が、ワンと　でてきた。そのうしろから、おもいがけず　たっちゃんが、ふるぼけた　じてんしゃにのって　あらわれた。

ミキオは、さっきの　シールを、おまもりのように　にぎりしめる。

たっちゃんは、目を　グリと　うごかして、ミキオと、せなかの　ランドセルをみくらべて、

「まだ、かえらないのかよう。ばか」

と、すごい　けんまくで　いう。

ミキオは、もう一ど　シールを　にぎった。

シールのちからは、あらたかだった。先を　はしっていた犬が、ワンと　ほえると、たっちゃんは、

「ほい、チビ」

と、そちらをむいた。

ミキオは　ほっとした。おなかの中で、

——あしたみていろよ——

といった。

ごちゃごちゃと、いろいろな　みせの　ならんだ　ところも　とおった。りはつてん　のなかで、きゃくがのんびりと、かがみの　ほうを　むいて、すわっている。しょくりょうひんてんの　まえには、夕方の　かいものをする　おばさんたちが、いそがしそうに　あるきまわっている。

ミキオは、泣きたく　なっていた。でも、もうひとりの　ミキオが、

——ぼくはよわむしじゃない——

と、いいつづけている。

とうとう、ひろい　さか道の　上にでた。そこからの　ながめに、ミキオは　おど

ろいた。

それは　おおきな　工場の　たてものだった。ぞう船じょに　ちがいない。三角形の　きじゅうきが、いくつも　そらに　くっきりと　うかび　でていた。きじゅうきは、夕やけの　赤い　そらに、はっきりと　くびをもちあげて、あちら　こちらをむいている。

――ここにはずっとまえ、おかあさんと　いっしょに　きたことがあった――

夕やけの中の　おおきな　工場の　けしきは、まちのおわり、ちきゅうの　はてのように、ミキオには　みえた。目に　なみだを　うかべて、ミキオは　しばらくたっていた。

――おとうさんは、もう　とっくに　いえへ　かえって　いるだろう。おかあさんは、ぼくのこと　さがしているかしら――

うしろを　むいて、また　あるきだした。さっきの　りはつてんのまえを、もういちど　とおった。みせに　電とうが　ついた。

もうおそい。たっちゃんでも　いい。だれか　しっている人に、あいたいと、おもった。

どこかで、かすかに　ゴーッという、ひびきが　きこえた。

——あれは　電車だ。

ミキオのかおが、あかるく　かがやく。

むちゅうで　はしった。やっぱり　電車のおとだ。

そこには、あのはしが　あった。

サトコのおにぎりや

ミツヒロくん　おにぎりやに……

ちいさな　おにぎりやの　みせは、ただいま　かいてんじゅんびちゅう。サトコの
おかあさんが、水をながして、シャッシャッと、はいています。

そとはあつい、やけつきそうな、まひるです。

「ただいまあ」

一ねんせいの　サトコです。なつやすみに　なってから、まいにち、学校のプール
です。

サトコは、みずぎのふくろを、ぽんと、カウンターに　おきました。

「あのねえ。ミツヒロくん　つれてきた」

はずんだこえで、いいます。

「おじさん、こんにちは」

ミツヒロは、ぬれた　かみのけを、ばさっと　さげて、きちんと　あいさつしま
す。じてんしゃをとめて、カギを　パチンと、かけます。

「おや、こんにちわ。しっかりした　ぼくだねえ」

サトコのおとうさんが、あいそよく　こたえます。

「そうよ。ミツヒロくんは、やきゅう　すっごく　うまいんだから。べんきょうだってね、『はい』ってよく　できるの」

おとうさんは、とく大のかまに、こめを　さらさらいれて、あらってます。

「おじさん、なにしてるの？」

ミツヒロは、カウンターに　とびつき、なかをのぞきます。

「おにぎりのもとを、しこんでるんだよ」

「へえー、でっかい　かま」

ミツヒロは、めを　かがやかして、おとうさんのしごとを　じっとみています。

「なにしてあそぶ？」

サトコがよんでも、へんじも　しません。

なつやすみにはいって、なかよしの　みきちゃんは、うみへいってるし、トコちゃんは、いなかへ　いったきり。がっこうのプールへ、かよう　ともだちは、一日ごとに　へってきます。

サトコのうちは、おとうさんとおかあさん、ふたりが　はたらく、おにぎりや。とても　いそがしくて、どこへも　いけません。

きょうは　どようび。おにぎりやは、いちばんいそがしい日です。プールへきた一ねんせいは、ミツヒロとサトコだけでした。

「おにぎりやさんていいなあ」

と、ミツヒロが、ためいきを　つきました。

「ぼく、やきゅうせんしゅ　やめて、おにぎりやになろうかなあ」

「ええっ。ミツヒロくん　おにぎりやに？」

サトコは、ふわっと、あかく　なりました。

「わたし、おにぎりやになるの。ミツヒロくん、いっしょにしよう」

「ぼく、ぼく、……あのな」

ミツヒロは、目をぱちぱちさせて、いいます。

「ぼく、サトコちゃんより　トコちゃんといっしょのほうが、いいな」

サトコは、だまってしまいました。

ミツヒロが　かえって、サトコは、にかいで、なつやすみしゅくだいちょうを　にらんでいます。でも　ただ、にらんでいるだけで、一ページも　すすみません。
しゅくだいちょうの　ひょうしは、青い山が、いくつも　かさなって、かいて　あります。

「あーあ。こんな　山へ　いってみたい」

かぜが、すうっと　はいってきて、しゅくだいちょうを　パラパラと、めくります。もうひとつ、かぜが、ひゅーと　うなって、はいってきます。しゅくだいちょうは、めくれながら　ズズと、うごきます。サトコは　あわてて　たちあがります。とびついて、おさえたとおもったら――あれれ、かぜは、サトコも　いっしょに、ふわーっと　もちあげます。そして　サトコは、かぜにのって　とんでいきます。

サトコとミツヒロ、おにぎりやかいてん

かぜにさらわれた　サトコは、くさむらに　どんと、おりました。
ここは　たしかに　山のなかです。
まわりには、うつぎやかえでが、ざわざわ　ゆれています。かしわやほうが、わっさ　わっさゆれています。のぶどうもさわさわ　ゆれています。エンマコオロギが、とびはねてにげます。
ギィーギィイー

「ギィー　おにぎり、ひとつ　ください」

オナガが、かすれごえで　ないています。

サトコは、こえのするほうへ、あるいていって、おどろきました。

ぶなばやしの、ちいさな　あきちで、なんと　ミツヒロが　おにぎりを　つくっているんです。おとうさんが　たいてたごはんが、おかまごと　おいてあります。ミツヒロの　じてんしゃ、黒のスポーツタイプが、おいてあります。

「おにぎりひとつ、ギィー」

オナガが、また、なきました。

「わたしもいれて」

サトコは、かけよります。

「どうしてきたんだよ」

ミツヒロは、ちらっとサトコを　みました。

「サトコなんかに　できないぞ。とっても、むずかしいんだから」

ごはんのゆげで、ミツヒロの　かおは、まっか。ごはんつぶが、かおにも　手にも　いっぱい。ゆびのあいだから、ぼろぼろ　ごはんが、こぼれます。

でこぼこおにぎりが、ひとつ　ふえます。

「へたねえ」

サトコは、さけびました。

「いいだろう。へただって」

また、ごはんが　かたまって、じめんに　おちました。

「ばかねえ。こうすれば　いいんじゃない」

サトコは、おねえさんぶって、てばやく　つくります。まるく　おおきく　にぎります。

「うるせえな。あっちへ　いけよ」、
サトコは　じょうずに　にぎります。

サトコのつくった、まるいのや、さんかくのおにぎりが、かしわのはっぱに、たくさん、ならびます。

ミツヒロは、みないふりをして、ほんとうは、こっそり　みています。サトコのまねをして、にぎると、じょうずに　にぎれます。

ミツヒロは、ほうのはっぱに、おにぎりを　ならべます。たくさん、たくさん　ならべます。

サトコが、どんぐりを　いれて、きゅっ　きゅっと、にぎります。ミツヒロの　よこめが、おやっと、うごきます。ミツヒロも、あわてて　どんぐりを　いれます。サトコが、かえでのはで　つつみます。ミツヒロも、まけずに、もっと　おおきなぶどうのはで　くるみます。おにぎりは、どんどん　ふえていきます。

さあ、ぜんぶ　できあがり。おかまは、からっぽです。

「さあ、ここが　わたしたちのおみせよ」

サトコは、さっさと　おにぎりの　みせを、ひらきます。ミツヒロは、たったままいいます。

「こんな山のなかへ、だれがかいにくるのさあ」

「オナガよ。ウサギやノネズミも、くるわよ」

「だって、どうぶつはおかねもっていないぜ」

「そうだわ。いいこと　かんがえた」

サトコは、おおきい　こえで、よびたてます。

「おにぎりやかいてんでーす。みんな　かいにおいでー。おかねは、いらないよー。このしゅくだいちょうのもんだいを、ひとつ　やるだけですよーっ」

さいしょのおきゃくさん

ノネズミのおやこが、かおを　だします。

「ひとつ　くださいな。このこが　おにぎり　たべたいっていうのです」

「どうぞ。どうぞ。このどんぐりいりの　おにぎりいかがです」

ノネズミは、それに　きめました。

「はい。ごちそうさま」

「おかねは　いりません。かわりに　しゅくだいをひとつ　やってくださいな」

サトコは、おおいそぎでいいます。

ノネズミは、よくみえない　目を、ちかづけると、しゅくだいちょうの　においをかぎます。

「ふんふん。さんすうですね。こりゃ　かんたんだ。ここにリンゴが　いくつありますか。——もちろんこれは 12 こですよ」

ノネズミは、つめさきに　えんぴつを　ひっかけると、12 と　かきます。ネズミの　しっぽみたいなじです。

「ちがうわ。わあ、こまった。それは　14 こよ」

サトコは、ノネズミに　おしえました。

「いえいえ、わたしのばあいは、ここに　リンゴが、14こあるとしますね。ええーと、そうすると、それは2こ　ひくと　いうことですよ。はい。わたしは、リンゴをみつけたら、かならず　このこと　いっしょに、1こづつ、すぐたべてしまいますからね」

ノネズミは、おにぎりを　しっぽで、くるりと　まくと、子ネズミをつれて　くさむらに　かえっていきました。

こんどはキツネが、1ぴき　あらわれます。

「おにぎり　くださいな」

キツネは　どれにしようかなと、よくよく　みくらべて、のぶどうのはに　くるんだ、おにぎりを　3こかいました。

「おだいはいくらですかね」

「しゅくだいちょうを　1まいやってもらいます」

「えーと、しゃかいの　もんだいですな。これは、たいへん　むつかしいですぞ。おとうさんは　まいにち　なにを　しているかって？」

キツネは　しっぽのけで、ふでを　つくると、さらさら　かきこみます。

「まいにち、ひるねと、にわとりを　つかまえることと、毛皮のていれ」

「ちがう。そんなこと　かかないで」

すると、キツネが　ふんがいしました。

「なぜ、ほんとうのことを　かいて　いけないのかね。ええ？　どうして」

ミツヒロが、おどろいていいました。

「キツネって、うそ　つかないのかあ」

いつのまにか、キツネの　うしろに、いろいろな、ちいさい　どうぶつたちが、れつを　つくって、じゅんばんを　まっています。

「わたし、みんなに　もんだいのときかた　おしえてあげなくちゃ　ならないわ」

そうしなければ、しゅくだいちょうは、たいへんなことに　なりそうです。

「もう、まっていられないぞ、ウォーン」

ヤマイヌが、みんなを　おしのけて、せんとうにおどりでました。

「ちゃんと、じゅんばんに　おねがいします。みんな、れつを　つくって、まっているんだから」

サトコが　そういうと、ヤマイヌは、ひくく　うなりました。くちのはじから、するどいきばが、みえます。

「こわい」

サトコが、うしろへにげだすと、

「よしっ。くるか」

ミツヒロが、ふとい木のえだを　おって、やきゅうせんしゅのように　かまえました。

さいごのおきゃくさん

「たいへんだ。たいへんだ」

そらから　カラスが、まいおりてきます。はねをばたばた　ふりまわして、さけびます。

「カミナリが、おにぎりを　かいにくるって、いってるぞう」

「えーっ」

ピカ、ピカッと、ひかります。カミナリは、もうそこまで　きているでは　ありませんか。

つめたい　かぜが、さあっと　ひとふき。ゴロゴロと　ちいさいおとが、だんだんおおきくなってきます。

「さあ、たいへん」

「これはいけない」

どうぶつたちは、からだを　ちぢめて、おもい　おもいのほうこうへ、にげていきます。

ヤマイヌの　にげっぷりは、いちばんでした。

「どうしよう」

サトコと　ミツヒロは、おろおろします。

どうぶつたちは、もう　いっぴきも　いません。

さいごに　とびたった　カラスも、木のしげみに、かくれてしまいました。

ピカッ　ガラガラ

ひかりと　おとが、あたまのうえを　はしります。「あぶない。ふせろ」

ミツヒロのこえに、サトコは　くさむらに　うつぶせます。

ピカッ　ガラガラ

と、どうじに、たくさん　ならべてあった　おにぎりが、そらへ　まいあがります。

木のはも　いっしょに　まいとびます。

ピカッ　ゴロゴロ
じめんにふせた　サトコは、こわごわ　かおを　あげます。そして　みました。目のまえの　しゅくだいちょうが、ばらばらと　ぜんぶ　めくられるのを。めにも　とまらぬ　はやさでした。

カミナリがいってしまいました。ふたりはほっとして、たちあがりました。ミツヒロが、しゅくだいちょうを　ひらいてみます。

「あれ、まいにちあめになっちゃった！」

カミナリは、なつやすみじゅうの　おてんきらんを　ぜんぶ　あめと、かいて　いったんです。

「しゅくだいちょう　ちがっちゃったよな。ぼく　てつだって、なおしてあげる。だけど、サトコちゃん、おにぎりつくるの　うまいねえ」

「うん、とっても　うまいでしょ」

サトコはとくいそうにこたえました。

「でも、ミツヒロくん、しゅくだいちょう　てつだってくれなくてもいいわよ。じぶんで　やるわ。なつやすみって、とっても　おもしろいわ」

がまおばさん

一　かずくんに　だまって

二年生のみえちゃんは、おにいさんのかずくんより、ずっとはやく学校からかえってきます。

ぬきあし、さしあし、しのびあし。

みえちゃんは、かずくんのつくえの上のもけいのふねを、さっとかかえました。

かずくんが、きのうつくりあげた木のふね『びーばーまる』です。

「きょう、かえったら、びーばーまるのしんすいしきするぜ」

けさ、かずくんがそういったんです。

まっしろにぬった、のっぺらぼうのふね。

かんぱんの上だけ、ちゃいろのニスがぬってあって、ぴかぴかひかっています。

ふねの長さは、なんと三十センチもあります。（しんすいしきは、わたしがしたい）

みえちゃんは、ふねをもって、そとへとびだしました。

「どこかに水がいっぱいあるとこないかな。お池みたいなとこ。プールみたいなとこ」

すこしいったところで、みえちゃんは、おやっと、足をとめました。

おおきなひきがえるが、のそりのそりと、右ての、ろじにはいっていくのがみえたのです。

ようふくやと、しんぶんやのあいだの　ろじです。

そのとき、へんなきごえが、きこえてきました。

なきごえも、ろじからきこえるようです。

そのろじは、ともだちのかなちゃんちの、こばとだんちへいく、ちかみちでした。

「あっ、そうだっ。こばとだんちに、ふんすいのお池がある」

みえちゃんは、わくわくして、ろじにかけこみました。

うっかり、みちのまんなかにいた、小さなものを、ふむところでした。

「あっ、かえるだ」

ないていたのは、とのさまがえるでした。

みず　みーず　くれくれくれく
みず　みーず　れくれくれくれ
とてもへんなきごえです。

みえちゃんは、よーく耳をすましました。

そのなきごえをきいていると、なんだか、とのさまがえると、おはなしできるような気がしてきます。

「ここに、ひきがえるがこなかった？」

みえちゃんは、たずねてみました。

とのさまがえるは、しらんかおです。

みえちゃんは、もういちど
「ふんすいのお池へつれてってあげようか？」

と、たずねてみました。

とのさまがえるは、なきやみました。

「ふんすいの池だって。そんなもの、このあたりにゃないよ」

たしかに、にんげんのことばで、つっけんどんにこたえたのです。

「うそ。このおくのだんちには、すてきなふんすいがあるもん」

みえちゃんは、いいながらまえをみて、おどろきました。

ろじのおくのけしきが、このまえきたときと、まるでちがっていたからです。

たしかにあるはずのだんちがありません。かわりに、ふっくらこ、もっこりこと、木がならんでみちがなかにつづいていました。

「おかしいな。だんちがなくなっちゃってる。かえるさん、この木のむこうになにがあるか、しってる？」

「わしたちの池がある」

「わしたちの池？　ほら、やっぱりお池があるじゃない。じゃ、どうして、みずくれってないてるの？」

とのさまがえるは、かなしいかおで、空を見あげました。

「なんだか空気がかわいてきたぞ。わるいことがおきそうだ。いまにきっと、池の水も、かわききってしまう」

「ばかねえ。わたしについてらっしゃい」

みえちゃんは、木のむこうへ、ずんずんはいっていきました。

けれど、とのさまがえるは
みず　くれくれくれくれく
まだ　おなじばしょで、なきたてています。

みちのおくには、とのさまがえるがいったとおり、池がありました。

「わあ、ひろいお池！」

ほそながい池は、木にかこまれていました。

とおいほうの、むこうぎしに、とくべつたかいまつの木が、いっぽんあります。

みえちゃんが立っているがわにも、とくべつおおきなやなぎが、いっぽんはえています。

やなぎのうしろは、がけです。くらいほらあなが、ぽっかりくちをあけています。

ほらあなのまえには、かれはが、びっしりかさなっています。

「きみわるーい」

みえちゃんは、びくっとしました。

かさなったかれはが、風もないのに、ふわっともちあがって、またふわっとしずんだようにみえました。

それきり、かれはは、こそりとも、うごきません。

「あっ、これなあに」

やなぎの下に、たくさんのみどりいろのきのこが、はえています。いいえ、きのこではありません。

みどりのやねのちいさなちいさないえが、ぎっしりとたっていたのです。

どのいえも、どのいえも、やねは、みどりのかわいいはっぱで、できていました。

やねの上には、きらりとひかるつゆがのっています。

「こんなとこに、ちびっこのうちがたってる」

とたんに、みどりのいえから、いっせいに、こゆびぐらいの、あまがえるたちが、はじけるように、とびだしてきました。

「にんげんだ」

「こどもだよ」

みどりいろのあまがえるたちは、あわててとびまわりました。

「どこからきたんだ」

「なにしにきた」

「ぼくたちとあそびにきたのか」

はやくちのおしゃべりです。

あまがえるは、ちいさいのに、ふしぎとおおごえです。

「このお池で、びーばーまるのしんすいしき、してもいい？」

「しんすいしき？」

「なんだかわからないけど、おもしろそうなあそびだな。いいとも」

あまがえるたちは、むねをふくらませました。

「このふねを、池にうかべるだけよ」

「ええっ、それがふねだって」

「でっかいな」

あまがえるたちは、目をまるくしました。
池には、たくさん、ささぶねがういています。
そのなかで、のんびりひるねをしていたかえるも、むっくりおきあがりました。
「たいへんだ。すごいふねだよ。町じゅうにしらせなきゃ」
ぴょん　ぴょぴょん
おつかいやくのあまがえるが、とびはねてでかけました。

二　しんすいしきだ　あつまれ

「しんすいしきだ」

「しんすいしきだって」

池のまわりが、いっぺんに、にぎやかになりました。

あめんぼうたちが、すいじょうパレードをはじめました。

まるで、ぎんいろのあみが、風にのってはしっているようです。

げんごろうのおやこも、ぶるんと、かおをだしました。

ふるふる　ふるふる

たちおよぎで、けんぶつです。

「あのおっきなふねを、いばりんぼのたがめと、あばれんぼのやごにみせてやりたいよ。きっと、きもをつぶすな。はっは」

げんごろうのおとうさんは、池のそこまでとどくこえでわらいました。

池っぷちの草が、風にあわせて、くりかえし、おじぎをします。

(どうぞ、びーばーまるは、ちゃんと、みずにうかびますように)

みえちゃんは、しんこきゅうします。

「ふねのこうろは、池をよこにわたりまあす」

みえちゃんは、池のはばのせまいところを、はしらせることにしました。

池の長いほうは、あまりとおすぎて、ふねをとりにいけなくなります。

みえちゃんが、池にふねをうかべると

「わーい」

「そら、のれ」

たくさんのあまがえるたちは、ちゃっかりと、かんぱんにのりこんでしまいました。

「あらあ」

みえちゃんは、しかたなく、そのままふねのモーターのスイッチをいれました。

びゅーん
ふねは、まっしぐらにつっぱしりました。

「きゃっ」

「ぎゃっ」

かんぱんの上のあまがえるたちが、池にはねとばされました。

あめんぼうたちも、ぱっとにげちりました。

「あっ、ごめんなさあい」

けれども、かえるたちは、池のふちにあがってくると、目をくるくるさせて
「なんの、なんの。ぼくたち、じぶんで、とびこんだんですからね」

と、ちっともおどろいていないふりを、してみせました。

「うふふ」

みえちゃんは、とくいそうに、ふねをとってきました。

かえるたちは、あつまってひそひそと、なにかそうだんしているところでした。

「あのスピードをみたか?」

「みたとも。さいしんしきのふねだ」

「いいな。ほしいな」

「もらっちゃえばいいんだ」

みえちゃんは、びっくりして、びーばーまるをうしろへかくしました。

いちばんふとったあまがえるが、まえへでました。

「ぼくたち、そのおっきなふねが、ぜひほしいんだけど」

「だって、これ、かずくんのふねだもの、あげられない。だまって、もってきちゃったの」

「ぼくたちがいちばんさきにのったのだから、ぼくたちのふねになるんだ」

「いいえ、そんなことありませんよう」

「それなら、あのほらあなのなかのひかりごけと、とっかえっこしようよ」

「だめ」

みえちゃんは、きっぱりと、ことわりました。

かえるは、ためいきをつきました。

「じゃ、うきくさでつくったいかだと、とりかえるのはいかが。かずくん、よろこぶよ」

「ううん、だめ」

すると、かえるたちは、みえちゃんのまわりをぐるっと、とりかこみました。

「とっかえっこしないなら、この町からかえしてやらないよ」

「そうだよ。ずっとここにいなよ」

「ぼくたちが、やなぎのえだのかねをきんこんかんこんとならせば、とのさまがえるが、町のいりぐちのみちを、けしちゃうんだぞ」

「そしたら、おまえは、町から出られない」

「えーっ」

みえちゃんは、びっくりして、なきだしそうになりました。

そのときです。

ずずーん
おおきなじひびきが、あたりをふるわせました。

おとといっしょに、池の水が、やっぷやっぷとゆれ、ささぶねが、ひっくりかえりました。

あまがえるたちは、じめんにふせます。

「なんだろう」

「なにがおきたのだろう」

さっきのとのさまがえるが、とんできました。

「た、たいへんだ。にんげんが、このへんをとりつぶしにやってきた。池もうめたてて、らんち、いやちがった。だんちってものをつくるそうだ」

ずずーん、どすーん
またじひびきです。それにしても、すごいゆれかたです。

みえちゃんのうちも、ときどきこうじのじひびきで、ゆれることがありますが、こんなひどいゆれかたは、はじめてです。

「あっ、そうだ」

みえちゃんは、かえるの町にいるのです。

だから、にんげんの町よりも、もっとおおきくゆれているように、かんじるのです。

「池をつぶすって」

「どうしよう」

あまがえるたちは、おろおろしています。

「ああ、やっぱり。おそろしいことになった。わしのおもったとおりだ」

とのさまがえるは、ふるえながらいいました。

三　がまおばさん

がさっ　がさっ

みえちゃんのうしろで、おとがしました。

ほらあなのいりぐちの、くさったかれはが、がさごそと、もちあがります。そして、それはそれはよぼよぼのひきがえるが、はいだしてきました。

ひきがえるをかばうように、いっぴきのちゃいろのあまがえるも、はねながら、ついてきました。

じひびきにおどろいて、でてきたのでしょう。「がまおばさんだ」

「がまおばさんが、でてきた」

あまがえるたちが、きゅうに、おしゃべりをやめました。

あたりが、しーんとなりました。

「こぶだらけのがまねえ。すごく、としとってるみたい」

みえちゃんは、びっくりしていいました。

「ああ、すっごく。なんでも、ふつうのひきがえるの三ばいも、いきてるんだってよ」

いっぴきのみどりのあまがえるが、みえちゃんの足に、とびついていいました。

「あの、ちゃいろのあまがえるはなに」

「がまおばさんがだいすきで、いつもそばへいってるもんで、かれはいろのからだになったんだ。きたないやつ」

がまおばさんは、みんなのひそひそばなしなんかきこえないかおで、ぼたっぼたっと、こちらへはってきます。

「おまえさんは、にんげんだね」

とつぜん、がまおばさんは、みえちゃんをにらみました。

「ええ、そう」

みえちゃんは、あとずさりしました。

「いまのじひびきは、またにんげんのしわざにちがいない」

がまおばさんのくちのしたのかわが、ぶるんとゆれました。とてもおこっているようです。

なんということでしょう。あまがえるたちは、あわててみえちゃんから、はなれていきました。

がまおばさんは、ひくいこえで、つづけました。

「ずっとまえ、そう、あのときも、にんげんたちのしわざだったよ。にんげんたちがせんそうして、とばっちりで、この池のあたりも、やけただれたのだ」

ずずーん
がまおばさんは、おとのするほうを、きっと、にらみつづけました。

「そうだ。そんなはなしきいたぞ」

あまがえるたちが、うなずきました。

「がまおばさんよ。なんたって、このこは、そのまだこどもなんだ。そんなにおこらんでくれ。このこに、池をおしえたのは、このわたしだが」

とのさまがえるが、こまって、なんども、まばたきをしました。

「そうよ。わたし、かえるさんに、いじわるなんかしたことない」

みえちゃんは、むちゅうでいいました。

「おまえさんが、おとなになったとき、むねに手をあてて、かんがえるこったね」

がまおばさんは、しわがれごえで、はなします。

「わたしらは、いつもほんのすこし、めのまわりしか見えないのじゃ。にんげんどものわるだくみは、いつもとつぜんやってくる」

「がまおばさん、どうしよう」

あまがえるたちは、がまおばさんのほうをむいて、かなしいこえをだしました。

がまおばさんは、めをつぶると、やがて、おもおもしく、みんなにいいわたしました。

「わたしのおもうには、あのとおいむこうぎしまでにげるのがいちばんじゃ。まつの木のもっともっとむこうまで、にげなされ。はたけと川があるはずじゃ。けれど、池のふちには、へびの村があるから、おかをいくのはあぶない。池をおよいでわたるのじゃ。からだひとつで、およぎつくのじゃ」

「ぼくたちの町を、おいていくの？」

みんなは、がやがやさわぎだしました。

いちばんはしにいたあまがえるが、さけびました。

「ぼくのだいじなギターは、どうなるの？」

「わたしが、いっぱいためた、あさつゆは？」

ふとったかえるも、ぷっと、ほほをふくらませていいました。

みえちゃんは、だいけっしんをしました。

「ふねをかしてあげてもいいけど――」

かずくんのおこりがおが、ちらっとうかびました。

「だけど、みんなのれるかわからない。このふね、たった三十センチしかないんだから」

あまがえるたちは、うたがいぶかそうに、みえちゃんを、じろじろ見ました。

「あいつは、にんげんだからな」

「あのふねにのってみろ、あぶないぞ」

みえちゃんは、むきになって、どなるみたいにいいました。

「わたし、かえるさんに、いじわるしないっていったでしょ。さあ、にもつは、ひとりひとつだけもってもいいわ。はやくしないと、もうあぶない」

すると、やせたあまがえるが、ちいさなこえで
「あのう、わたしは、とてもむこうまでおよぎきれないのです。わたしだけ、のせてもらってもいい？」

と、みえちゃんにききました。

「わたしも、いいかしら」

となりのあまがえるも、いそいできききました。

と、のこりのあまがえるたちも、われさきに、みえちゃんのそばに、はねてきました。

「いいのよ。みんな、のっても」

みえちゃんは、むねをはってこたえました。

四　びーばーまる　いけをわたる

ふねの上は、あまがえるたちで、まんいんになりました。

みんな、じぶんのいちばんたいせつなものを、ひとつずつ、かかえています。

「あと、いっぴきぶん、あいている」

のりおわったとのさまがえるが、せかせかいいました。

みんな、池のふちにのこったちゃいろのあまがえるを見ました。

「ちゃいろさん、はやくおのりよ。はやく、はやく」

「ばくはのれないよ」

ちゃいろさんは、目になみだをいっぱいうかべていいました。

「ぼくがいちばんだいじなのは、がまおばさんなんだ」

みんなは、かおを見あわせました。

がまおばさんは、おおきすぎて、いっぴきのるだけで、あまがえるたちが、たくさんおりなければなりません。

「ああ、きたないちゃいろのやつめ。なんてことをいいだすんだよ」

ギターをかかえたみどりいろのあまがえるが、ぶつぶついいました。

「あいてるばしょは、ちびがえるいっぴきぶん。たったそれだけよ」

つぼをかかえているあまがえるが、いらいらしていいました。

「きみたち、わすれたかい。ぼくらのひいおじいさんや、ひいおばあさんたち、みんな、むかし、この町がやけたとき、がまおばさんにつれられてたすかったこと」

ちゃいろさんは、はなしながら、しゃくりあげました。

「この池の水も、おゆになってしまったんだ。ぼく、しんだかあさんにきいたよ。そのときのこと、かしこいがまおばさんのいうとおりにして、いっぴきのこらず、たすかったそうだ。ほらあなににげこんだひいおばあさんたちが、けむりにまかれるまえに、ぬれたはっぱをかぶって、がまおばさんについて、こうえんまでにげたんだ。いのちのおんじんだよ。そのがまおばさんを、おいていこうっていうの？　がまおばさんは、いまじゃ、あるくのもやっとなのに」

ずずーん　どどーん
池の水が、たっぷたっぷと、おおきくゆれました。

「はやくのれよったら」

みんなは、おもわずさけびました。

「ちゃいろさん、おのり」

がまおばさんのこえが、ひびきました。

「ありがとうよ。ちゃいろさん。わたしは、もうかわったところへなど、いきたくないんじゃよ。あんたは、あたらしいところへいかなければいけないよ」

ちゃいろさんは、くびをよこにふりました。

「はやく、さあ、はやく、おのり」

がまおばさんは、しっかりと、だいちをふみしめて、やさしくいいました。

「しんぱいいらないよ。わたしには、ちえがある。ながくながくいきてきたちえがある。なに、にんげんに、つぶされたりするものか」

みんなは、いきをのんで、まっています。

がまおばさんは、ちゃいろさんを、ふねのほうに、ぐいとおしました。

とうとう、ちゃいろさんは、なんどもふりかえりながら、たったいっぴきぶんあいていたふねのすみっこに、のりこみました。にもつは、なにももたないで。

さきにのっていたあまがえるたちは、はずかしそうに、下をむきました。

「さようなら」

「さようなら。むこうぎしで、すばらしいみどりの町をつくるのだよ」

「さあ、しっかりつかまってね。ふりおとされないように」

あまがえるたちは、あしのきゅうばんで、ぴたりと、かんぱんにへばりつきました。

「みんなにおねがいがあるの」

みえちゃんは、いいました。

「このふねは、かずくんのものなの。だから、むこうへついたら、ちからをあわせて、ふねのむきをかえてちょうだい。そして、このスイッチをおすの。わすれないでね。きっとよ」

みえちゃんは、ちょっとらんぼうに、スイッチをおしました。

びーばーまるは、いきているように、水をけって、はしりだしました。

そしてみるみる、とおくちいさくなりました。


ふねは、いつまでまっても、かえってきません。

おひさまは、すこしにしにかたむき、じひびきは、まえよりつよくなっているのに。

「あっ、池の水が、へっていく」

みえちゃんのそばにいた、がまおばさんが、こえをあげました。

「ええっ」

たいへんです。

水がきゅうにへりだしました。

「ふねがないと、おうちへかえれないわ」

みどりの町は、からっぽです。

もう、みちをけしてしまうとのさまがえるもいないけれど、ふねがなければ、うちへかえるわけには、いきません。

(どうしよう。かずくんの、すごくだいじなびーばーまるをなくしちゃった)

みえちゃんは、なきたくなりました。

「きたよ。おとがする。ほれ、ほれ、ほれ」

がまおばさんが、くびをのばしました。

むこうから、ちいさなくろいものが、はしってきます。

びーばーまるです。

池の水は、どんどんへっていきます。

「いそいで、いそいで」

どーん
池っぷちのつちが、くずれおちました。

びーばーまるが、きしにぶつかって、うーうーと、うなりました。

かんぱんには、ぬれたおおきなはっぱが、はりついています。

「おお、これは、てがみじゃ。えっなんと、もうすこしのところで、びーばーまるが、たかくひとはねしたために、みんな池におっこちたそうじゃ。かわいそうに」

「かわいそう。でも、がまおばさんをおいてったから、きっと、びーばーまるがおこったのよ」

みえちゃんは、くちをとがらしました。

「ともかく、ついてよかった。かえるたちをたすけてくれて、ありがとう」

がまおばさんが、はじめてわらいました。

ず、ず、ずーん
きのこみたいないえが、ころころひっくりかえります。

「あぶない。おまえさんも、はやくにげないと、かえりみちがつぶされる」

「えっ、みちがつぶれるの。さあ、おばさんも、わたしのうちへいっしょにいくのよ」

「いいや、いかないよ。わたしは、にんげんに、かわれるのなんか、まっぴらさ」

がまおばさんの目は、きらきらと、かがやいていました。

「だめよ。ここにいたら」

みえちゃんは、がまおばさんを、りょうてで、もちあげました。がまおばさんは、ぶよんぶよんと、みぶるいしました。

みえちゃんは、がまおばさんを、むりやりふねにのせると、ふねをしっかりかかえて、もときたみちへはしりだしました。

みちは、おおきなじしんのように、ゆれていました。

みりみりと木がたおれます。

はしって、はしって、しんぶんやとようふくやのあいだに、つきました。

「おやっ」

じしんが、ぴたりと、とまったのです。

みえちゃんはふりかえって、びっくりしました。

ふっくらこ、もっこりこと、はえた木はきえて、とおくにだんちのたてものがならんでいます。

にしびをうけて、まどガラスが、ぴかりとひかっていました。

じめんは、すこしもゆれていません。

「ああ、よかった。わたし、ちゃんとかえれたんだ」

みえちゃんは、かたで、いきをしました。

「あらっ、いない」

がまおばさんが、ふねの上からきえています。

みえちゃんがみまわすと、だんちにむかってゆうゆうとあるいているひきがえるが、みえました。

よこづなくん

三ねんの教室で

たっちゃんは、きょうだんの上に　かけのぼるとおおごえでいう。

「きょう、うちで　すもう　やるもの　このゆびとまれ」

それから　ゆっくり　教室のまんなかまで　あるいた。

ワッと　七、八人の　おとこのこが　かけよる。

そうじを　はじめていた　さかえちゃんが、だれかにおしのけられて、つくえにぶつかり、それからもうひとりのだれかにぶつかって、ほうきを　とばされた。

「三田と村上と、おまえとおまえと……。かならずこい」

たっちゃんは、ひとりひとり　かくにんしてからゆびをひっこめる。

さいごに　ランドセルをせおって　かえろうとしている山下くんにも　声をかける。

「よう、クンちゃんもこいよ」

これはとくべつサービスだ。

つよいクンちゃんが　はいらなきゃつまらない。

「どこでやるう」

「うちの　こうばのにわ」

「そんならいく。いく。きーめた」
クンちゃんも　くることになった。
「このあいだんとき、おもしろかったよなあ」
三田くんが　いうと、
「あのこういんのおにいさん、またやってくれないかなあ」
安井くんも　あいづちをうつ。
たっちゃんは、ゆうゆうとかたをゆすって　じぶんのせきに　もどる。
たっちゃんのせきは、クラスのみんなのつくえから　はなれて、ひとつだけとびだしておいてある。
はんできめた　やくそくを　ちっとも　まもらないので、みんなから〝はんついほう〟されてしまった。けれど、たっちゃんは　びくともしない。
しゅくだいわすれ、ろうかを走る。たっちゃんのはいったはんは、マイナス点がどんどんうなぎのぼり、クラスびりっこの　ボロはんになってしまう。
ボロはんになると――だいきらいな　げたばこそうじを、よぶんにしなくてはならない。
もうもうと　すなけむりがあがるし、水びたしのスノコは　おもい。

なにしろボロはんなんて　いやだから、はんをくむとき、みんな　たっちゃんをいれたがらない。

木村先生は
「はやく　はんのなかまにもどれるように、たつのりも　どりょくするんだ」

って、いっしょうけんめいだけど、かんじんのたっちゃんは〝はんついほう〟だってへいき。それに、きまりのじかんが　おわれば、あとは　ともだちみんな　いつもとかわらない。

わんりょくは　ばつぐんだし、たっちゃんは、あそぶほうでは　にんきがある。

たっちゃんは　ひきだしから　しわくちゃになった星とりひょうを　ひっぱりだすと、とっくりながめる。えんぴつをにぎって、きょうのとりくみに、あたまを　ひねりはじめる。

ばんづけは、西のよこづながクンちゃんの山下山。

東のよこづなはもちろん、タヌキ山ことたっちゃんである。

安井川には三田がせき。

「用のないひとは　はやくかえってくださあい。おそうじできないわ」

ようこちゃんが　たっちゃんのつくえの　そばまできて、かんだかい声をだす。

「うるせえ」

たっちゃんは、しんけんに　りきしのくみあわせの　さいちゅうだ。

「はやくう」

「だまれ。つくえぐらい　はこんでやらあ」

たっちゃんは　星とりひょうも　ばんづけひょうも　ほうりだして、におうだちになった。

そして　ガラガラドスン、ドスンと、つくえをはこびだす。

「そらトレーニングだ。みんな　どけ」

ようこちゃんが　あわてて　とびのいた。

こうばのにわで

あのときはさいこうだった。

たっちゃんは　ずっとまえのことを　おもいだして　にっとわらう。

たっちゃんちの　こうばの、せまいにわに　どひょうをかいて、クラスのなかまとすもうをとったときのこと。

ぞうせんじょの　したうけ工場が、きかいを作る。

たっちゃんのうちは、そのまた　したうけの　ぶひんを作るちいさいこうば、自たくから百メートルぐらい　はなれている。

たっちゃんが　みんなを　よびあつめた日、おとうさんは　ちょうど　るすだった。

五じになると、しごとをおえた　おじさんたちが、こどもたちのすもうを、にこにことみながら　かえっていく。

そのとき、わかいこういんの　ゆかわさんが、やってるなあって、なかまに　はいってきた。たっちゃんがだいすきな　こうばのおにいさんだ。

おにいさんは、ぎょうじ、よびだし、かちぬきのきろくがかりと　ぜんぶ　ひきうける。

「ひがーし、すなかぶり。にーし、でるとまけ」

「そんなのやだあ」

はりきって　しこをふんでいた、クンちゃんと村上くんが、くちをとがらせて　こうぎする。

やがて、だんだんもりあがって、むちゅうになって　うすぐらくなるまで　おうえんの　はるえちゃんも　みかちゃんも　かえらなかった。たっちゃんと　クンちゃんが、よこづなにきまったとき、おにいさんは、

「よこづな　おめでとうさん」

と声をのこして　いそいでかえった。

「はたらいているところで　あそぶな」

あとで　おとうさんにしかられたので、しばらくすもうは　うんどうじょうだけでやることにした。

でも、あんなに　たのしくはいかない。やっぱりあそこでなきゃだめだ。

このごろ　おとうさんは　夜おそく　とてもつかれた顔で　かえる。

「しごとが　へった」

と　ときどき　もらしていた。

――おとうさん　きげんがわるそうだけど、ゆかわさんだって　このまえ　ましよ
うなっていったもの、きょうぐらい　かまわないだろ。ぼくが　おこられればよいのだ。おれは　おとこだ――

たっちゃんは、歩きながら右手にもった〝おしらせ〟の小さいかみきれで、みちばたのかきねのマサキを、パンパンと　たたいた。

さむい風がふいている。

――こんな日に　すもうとったら　いっぺんに　ほっかほかになるな――

たっちゃんが　いえにかえると、犬のチビが、ちぎれるほどに　しっぽをふる。

くさりが　ぴんとはる。

「チビ、まってよ。あとであそぶから。ちょっと　がまんだよ」

たっちゃんは、すこうし　だきかかえてから、チビに　おがむまねをして　うちのなかにとびこむ。

「おにいちゃん　おかえりなさい」

妹のキヨが　はしりでてくる。

「おいキヨッペ。おまえ川原んち　しってるだろ。これ　とどけてこい」

すこしちぎれた〝おしらせ〟のかみを、キヨに　おしつける。

川原くんが　けっせきしたので、いちばんうちのちかい　たっちゃんが　とどけるやくだ。

「おれは　いそがしいんだ」

たっちゃんは　じてんしゃを、戸にがたがたぶつけながら　そとへ　はこびだそうとする。

「どこ　いくの」

「こうばへ　いくんだ」

「おかあさんが　きょうは　こうばへ　ぜったい　きたらいけませんって」

キヨが　とめる。

たっちゃんは、くちぶえを　ふいた。

「だいじょぶ。だいじょぶ。おかあさんは　おれのいうこと　なんだって　きいちゃうから」

じてんしゃが　いきおいよく　つつうと　すべりだす。

たっちゃんは　まえこごみになって　こぐ。

——みんながくるまえに　どひょうの　よういだ——

みんなかえれ

たばこやのかんばんを　いつものように　こ・ば・た　と、さかさに読んでかどをまがると、むこうから走ってくる　江原くんが　ちいさくみえる。
ひとあしさきに　こうばのいたべいにそって　じてんしゃをはしらせ、いりぐちにのりいれる。
にわは　つめたく　たてもののかげに　なっていた。
このあいだ　どひょうを　かいたあたりに、小がたトラックが　いちだい、ならんでオート三りんしゃが　いちだい　おいてある。
たてものの　なかを　のぞいた。
しごとだいを　よせあつめたテーブルの上に、かしや　くだものや　のみものがならんでいる。
「みんな　たべるんだ。いいなあ」
いりぐちの戸が　あいて、おとうさんがでてきた。
「ねえ、きょう　すもう　やっていいだろう　このにわんとこで」
たっちゃんは　ねだる。
「たつのり　うちへ　かえりなさい」
おとうさんは　ひくい声で　いった。

「きょう　かえってから　よく話してきかせようとおもったけど、おとうさんのこうばは　きょうで　おしまいなんだ。このこうばは、もう　うちのものじゃない」
おとうさんのあごには、しろいのも　まじったひげが　うっすらと　はえていた。
たっちゃんの目を　じっとみながら、おとうさんは　もうひとことという。
「いまから、はたらいていた　おじさんたちと　おわかれかいをする。いま　おとうさんは　たいへんなんだ。わかったね」
おとうさんは　くるりと　せをむけると、下をむいて　はいっていった。
なにか　おとうさんに　たいへんなことが　おこった。
たっちゃんは　そのことだけ　わかった。

江原くんがはぁはぁいって　たどりつく。

「たっちゃん、これ　ぼくのけしょうまわしだぞ」

ほうそうしに　赤いマジックで〝アサヒカリ〟なんてかいてある。

安井くんのじてんしゃが、キキーと　とまる。

てづくりの〝ゆうしょう〟〝かんとうしょう〟〝じゅくんしょう〟〝ざんねんでしょう〟とかいた　しょうじょうを　かさねて　もっている。

つづいて、くちのはしに　チョコレートをつけたクンちゃんが　とうちゃく。

しょうじょうをみると
「それは　ぼくがもらいだ　といった。

「ごっつあんです」

江原くんが　うけとるまねをする。

たっちゃんは　なんにも　いわないで　たっている。

しばらくのあいだに　みんなが　そろう。

「あれー、どひょうのばしょに、トラックが　おいてある」

江原くんがきづいて　たかい声をあげた。

「トラックのよこに　すこしは　あいてるよ。あそこで　できるな　たっちゃん」

クンちゃんがいう。

「あのな、きょう　ここ　つかっちゃ　いけないんだ」

たっちゃんが　やっとくちを　ひらいた。

「えーっ」三田くんが　すっとんきょうに　さけぶ。

みんな　がっかりした顔をする。

「はりきって　作ったんだよ」

安井くんが　しょうじょうを　ひらひらさせる。

「どうして」

あきらめきれないみんなは　たっちゃんにつめよった。

「どうして」

ふだんのたっちゃんなら、ここで　もうどなってしまうところだ。

「おまえよこづな　だろう。よこづなのくせにずるいぞ。うそついて」

三田くんは　こうげきを　やめない。

たっちゃんは　とうとう　どなった。

「おれ　よこづなじゃなくたって　いいさあ。かえれ、みんな　かえれ」

「うそつき。はんついほう」

みんなは、どこか　ほかをさがそうと、いいながらかえっていった。

あんなにとくいな　よこづなだったけれど、おとうさんのことのほうが　いまはだいじなことのような　きがした。

なぜかそう　おもった。

ちかくのスーパーマーケットの　おきゃくさんを　はこぶ、ぎん色のおおきなくるまが、目の前をなんだいも　とおる。

そのくるまは、かえっていく　ともだちのしゅうだんを、おいこしてゆく。

だれかが　たっちゃんのよこにたった。

ゆかわさんだった。

「よこづなくん、さようなら。おわかれだね」

おにいさんは　もっていた　かしを、たっちゃんに　わたした。

「おにいさん、ここやめるの？　どこへいくの？」

「さあ、わからない。おやじさんは、ぼくらに　たいしょくきんを　だすために、こうばを　うったり、しゃっきんをしたみたいだ」

あとのほうは　ひとりごとのようにいう。

それから、たっちゃんに
「ほんもののすもうみたいか？」とたずねた。

「うん、みたい」

「ちびっこ・よこづなと　ともだちに、すもうをみにいこうか、このつぎのばしょに、いこうな」

――おにいさん、ぼくのことなんか　いいんだ――

たっちゃんは　とつぜん　なきたいくらい　むねが　いっぱいになった。

ヤスさんといたちの村

一

おおみそかの夕方から雪がふりだしました。

あたたかいこの町では、珍しいことです。

家いえは、早く戸じまりをして、町はねむったようにひっそりしていました。

歩いているのはヤスさんだけでした。

ヤスさんは、ふりたての雪を長ぐつでふみしめながら、工事現場をみまわりにきました。

町は今、おおがかりな下水工事のさいちゅうです。

道路はあちらこちらほりかえされていました。働いているのは、寒い北国からきているおじさんたちです。

そのおじさんたちも、正月の休みをとって、きのう、こんだ年末列車にゆられ、きようりへかえっていきました。

若いヤスさんは、るすばんやくをひきうけて、ひとり飯場にのこったのです。

「じゃ、ヤスさん、あとをたのむべ」

「あんだも、かえりゃあ、いいに」

大きな荷物をもったおじさんたちは、ヤスさんにいいました。

ヤスさんは、にっと笑って
「ああ、いいおとしを」

と、おじさんたちをみおくりました。

今は誰もいなくなった工事現場に、ヤスさんはぽつんとつったっていました。

ヤスさんは、もう三年も家に帰っていません。

でかせぎの飯場を、てんてんとうつって働いていました。

北陸のちいさな農家に育ったヤスさんは、るすばん手当も汽車賃もみんなためて、家へ仕送りをせにゃとおもっていました。

うちには、かあさんがひとりいるだけです。

ヤスさんは、ほうと、ためいきをついて、みあげました。

こんやの工事現場は、祭ばやしのやぐらがそのままこおりついたようにみえたからです。

道路のまんなかに、深さ五メートルもほられた大あなには、たっぷりとしたあみがかけられています。人がおちないためです。

あなの上には、赤い鉄のやぐらがそびえ、まわりのバリケードにからませた、たくさんの電灯がひとつおきについたり消えたりしていました。

ぼたん雪は、花になり羽毛になり、あとからあとからおちてきて、電灯のまたたくたびに、きらきらと光るのでした。

やぐらの滑車からたれた三本のチェーンはあなのふちで、とぐろをまいています。

ヤスさんは、このチェーンを一日じゅう、ひきつづけて重いコンクリート管をあなのなかにおろす仕事をしています。

右手と左手で、かわるがわる四十回も五十回もひっぱると、やっと一つの管があなにおりていきます。

管がひとつおりるごとに下水管は、その分だけ長くつながっていきます。

(やっぱり正月にくにに帰ったほうがよかっただろか、かあさん、まってたろうに。でもおれはこのまま町でくらしたい)

ヤスさんは、ぼんやりとチェーンをみながらおもいました。

北国では、もうよほど雪がつもっているはずでした。

ヤスさんは、はっとしました。

すぐ横で声がしたからです。

「工事の方ですな。ごくろうさんです」

いつのまに、バリケードをのりこえたのか、りっぱなコートをきた親子づれが、ヤスさんとならんであなをのぞきこんでいました。

電灯がきらっと光ったので、父親の目もぴかりと光りました。子どもはくるくるした目をあげて、ヤスさんの顔をみつめています。

「いやあ」

ヤスさんはうれしそうに手を黄色い工事のヘルメットにあてました。

「おかげでえ、きのう、となり町まで貫通したがです」

話し下手なヤスさんは、ゆっくりこたえました。「ああ、そりゃありがたい。わたしのうちへも、つづいとりますな」

父親はちゅっと歯をならすような音をさせてから、そういいました。

ヤスさんは首をかしげました。

親子の顔をどこかでみたような気がしたからです。

父親は片方の手袋をはずすと、てらてらしたコートの雪をはらっているようでした。

子どもも、すぐにまねをしました。

雪がたくさんふってきたのでその姿は、かすんでみえました。

ヤスさんは目を丸くして

「おうちは、となり町ながですか？」

とききました。

「いいや。うちは山中村字滝川。いや、さいきん滝川とはいいませんがな。」

父親は、口の中でぼそぼそといってから、またちゅっと歯をならしました。

「えっ」

ヤスさんは、こんどこそきもをつぶしました。「そ、それはわたしらの村の名ですが」

「ほう、あんたは山中村出身ですか？　やっぱり」

父親は目をきらっと光らせて、うなずきました。「あんたが村のことをおもいながら、このチェーンをひいておられたおかげで、山中村へ近道ができたっちゅうわけですわ」

父親はコートのえりをたてました。

そして子どもをかばうように、あなのふちをゆっくり歩きまわって中をのぞきこみます。

「この入口のあみを、はずしてもらわにゃ、とおれませんな」

父親は、とつぜんそういいながら、あみをはずすとすばやくはしごをおりていったのです。つづいて子どものからだもするすると、あなの中に消えたのが、雪のむこうにみえました。

「あぶない。なにするんです」

ヤスさんは、びっくりしたのなんのって！

工事中の深いあなへおりるのは、たいへん危険です。酸欠の場所や、気圧のちがいで、からだがおかしくなることだってあるのですから。

かけよってみると、あなのおりぐちに、子どもの手袋がひとつおちているだけでした。

ヤスさんは、その手袋をひろうと、あわててはしごをおります。

親子を追って、暗い下水管へ数歩はいったとき、ヤスさんはヘルメットをがちっと、天井にぶつけました。管は身をかがめなければとおれないほどせまくなって、ゆくてにところどころぼんやりとあかりがともっていました。

「こんなはずでない。おれたちのおろした管は直径二メートルもある。もっともっとふとかった。これじゃ、設計図と、まるでちがう」

とつぜん、ヤスさんの耳がきーんとなりました。

胸も苦しくなりました。

そのとき、うすらあかりの中を、子どもが走る姿がみえたのです。子どもはとちゅうでくるりくるり何どかとんぼがえりをしてみせます。ヤスさんは背中を丸めたまま走りだしました。なんて息苦しいのでしょう。子どもは、ほいほい走っていってしまいます。

「まって、まってくれ」

さけんでも、声がとどかないのか、しらんかおです。

(もどろうか)

ヤスさんはうしろをふりかえりました。

と、今まで走ってきた管の中は、まっくらでなにもみえません。

(たいへんだ。おれは地面の下のあなにとじこめられたのか)

ヤスさんはあえぎながら、あかりのみえる前へとすすみました。

どれだけ走ったでしょう。息苦しさはいつのまにかうそのようになくなっています。

(このまま外へ出られなくなるのではないか)

ヤスさんはさびしい気もちでいっぱいになりました。

「へんだぞ」

どこかで、かすかに、水の音がしたようでした。

それはちいさいけれど、ほとばしって、われ先に流れる力強い水の音です。

「あっ」

ヤスさんはさけびました。

下水管はきのう貫通したばかりで、まだ誰もよごれた水を流していないはずです。でもさっきから次つぎとおこる不思議なことでヤスさんはすっかり不安になっていました。

「水だ。水が流れてくる」

ヤスさんは、前のうすくらがりにじっと目をむけました。

「おやっ。あれは？」

ひとところ、ほんのりと白い光がさしこんでいました。

かけよってみると、右手にぽっかりとあながあいて雪がふきこんでいたのです。雪がふきだまって入口をせまくしていました。

ヤスさんは、やっと外へはいだしました。

(たすかった)

もう、子どもはどこにもいませんでした。

どうどうと、足もとから谷川の音がひびいてきます。雪にすっぽりつつまれた山や木はしんとして青白くうごきません。

粉雪がさらさらと、ヘルメットにあたります。

ヤスさんが今とおってきた息もつまるようなトンネルは、豪雪の山道を、なだれにあわず、雪にもうまらず、人びとがとおるためのトンネルだったわけです。

「ああ、ここはおれたちの村だ」

ヤスさんは、なつかしさで胸がわくわくしてきました。

この道をどんどんおりて、左へまがれば、ともだちのサブロウの家があるはずです。

ヤスさんはおなかの高さまで新しくつもった雪をおして歩きだしました。

二

「ひとりへり、ふたりへり、さんにんへった山の村」

てまりうたのようなかわいい声が、サブロウの家の戸のやぶれからきこえてきました。

サブロウの家は、それはひどいあれかたでした。

ヤスさんは、びっくりしました。

家のふとい柱は、ぎしぎし傾き、屋根は雪おろしを忘れたように、一メートルほども白いぼうしをかぶっています。

それでもヤスさんは、まだわくわくしていました。子どもたちのかけまわる音、きいきいさけぶおばさんの声がきこえます。

ヤスさんは、戸のやぶれから、家の中をのぞきました。

土間に、にわとりの白い羽根がちらばっていました。

ヤスさんは、おくをみて、身ぶるいしました。

いろりばたに、いたちが、わになって、うずくまったり、立ったりしていたからです。

ちろちろもえる火が、いたちの丸いかおをくっきりとうつしだします。

子どもいたちたちは、うたをやめると
「おなかがすいたよ」

と、そろっていいます。

ちいさなかあさんいたちが
「もうすぐ、とうさんが帰るから、しんぼうし」と、みごとなしっぽをあおって、のこり火をかきたてました。

「サブは町さいって、手袋をおとしたってか」

かあさんいたちが、一ぴきの子いたちに、おっかぶせるようにききました。

「もったいね。もったいね」

子どもたちが、いっせいにさわぎだしました。

ヤスさんは、ぽけっとの中の手袋をとりだして、戸口にたたきつけると、ころげるようにサブロウの家をはなれました。

この村の人びとは、せまい段だん畑をたがやしていました。急な山道をおりながら、ヤスさんは「サブロウ、サブロウ」

と、くちびるをふるわせました。

ヤスさんは、やっと村の集会所にたどりつきました。

けしきはすっかりかわっていました。

集会所のたてものが、一部分なだれか土砂くずれにやられて、つぶれていたからです。

入口にさがったま新しい板も、雪をかぶっていました。

軍手で雪をはらうと

『山中村いたち集会所』

と雪あかりでよめました。

窓のふちに目をよせて、なかをのぞくと、寄り合いに使っていた板じきの間には、
座ぶとんのかわりに、わらがしきつめてあります。

「あっ、あれは」

さっき工事のあなを、いっしょにのぞきこんでいた父親が、まだ人間の姿のまま、まんなかに坐って、まわりには、たくさんのいたちが、それぞれおもいおもいに、じんどっています。

「村長さん、都会はどんなぐあいでしたやろ?」「そうですな。都会はべんりなところじゃった。わからんことも多くありましたがな。エレベーターに、しっぽ――いやコートのすそをはさまれたときは、いたかったですよ。しかしな」

ここで、いたち村長は、にんまりして
「あないにべんりなところにすむと、人間も自然に生きる力がおとろえますな」

ここで、いたちたちが、はくしゅをしました。「ところで、村長さん、山のたべものが、めっきり少なくなりました」

だれかがいったとたん、いたちたちは、くちぐちに声高にさけびだしました。

「しっ、しずかに」

村長は、みなをおさえると、ゆっくりいいました。

「昨年は、竹の花がさいたので、のねずみがイジョウダイハッセイをしましたな。そこでわれわれもなかまをふやし、子どもをふやした。ところが今年はどうや。のねずみは、どこにいるのか。おりゃあせん。たいへんなへりようじゃ。この雪では、へびや蛙の冬眠も長いだろう。われわれもちえをしぼらにゃならん。うえ死しとないですちゃ」

村長の声が、しぼりだすように終りました。

ヤスさんは窓わくにしがみついたまま、目をつぶりました。ずっと以前の、あの光景が、まぶたの裏にうかんできました。

ヤスさんが十才ぐらいのころでした。

ある朝、学校へいくために、朝早く家をとびだしたヤスさんは、家のすぐそばの雪の上に、死んだいたちをみつけました。それは、まるで生きて走っているような形で横たわっていました。『きっと、うえ死や』子どもだったヤスさんには死んだいたちの姿が、かなしく恐ろしく目にうつりました。

ヤスさんはわれわれにかえって、もう一ど、おそるおそるいたちの集会のようすを、ぬすみました。

こんどは、としとったいたちが、くらやみからのりだして
「村で一番ちっさい家、ほうや、クルミのある家のなかに、にわとりを飼うとりますちゃ」

とがったあご、ちりちりと細い歯は、すきっ腹をこらえているように、うごいています。

「そうだ。そうだ」

いたちたちの歯が、かちかちなりました。

「次はあの家をのっとりましょう」

丸い頭がうなずきあいます。

「わたしがいってきましょうぞ」

村長がすくっとたちました。

ヤスさんは窓にしがみついていた手をはなして雪の上にしりもちをつきました。

いたちのいっていた村一番ちいさな家とは、ヤスさんの家をさしていっているのです。

(サブロウの家のように、うちものっとられる！　はやくしらせな)

ヤスさんはころぶように歩きだしました。

山にそった細道は雪がなめらかにおおってつづきます。ずこずこと雪に足をとられます。

じぐざぐの急坂になります。どこが道のさかい目かわからないくらい雪は地面に深くかぶさっていました。

秋にはウルシやハゼが赤い葉をのぞかせるあたりも、今は白一色。どの木もあやしい形にみえます。

(いたちはもっと近道をいくかもしれんぞ)

ヤスさんの手にも足にもつめたさがおそい、のどはからからでした。

ヤスさんは背中をおりまげ右に左にいなづま型の小道をのぼります。

のぼりきって枝のようなわかれ道まできました。

ここです。子どものとき、一ぴきのいたちがねむるように死んでいたところです。

(あのときは、ほんまにかわいそうにおもったもんや。それがなんちゅうことだ)

ヤスさんは足をとめ、さきをみました。

とおくにちいさなあかりがぽつりとみえました。

「かあさん」

ヤスさんののどが、うっとなりました。

三

ヤスさんがおそれたとおりでした。

やっぱり、あのいたち村長は、先についていました。

りっぱなコートのえりをととのえて、ヤスさんのちいさな家の戸を、とんとんとたたいているところです。

「このにせ村長！」

ヤスさんは息せききって、うしろからどなったつもりでした。しかしどうしても声がでません。

ヤスさんはのきしたのおおきなつけものだるのかげまで、はうようにたどりつきました。

「だれや」

戸ががたりとあいて、かあさんがのぞきました。

戸口のちいさな門松から、さらさらと雪がこぼれます。

ぷーんと、あたたかい、いいにおいが、ただよってきました。

いたち村長の、のどが、ごくりとなりました。

たるのかげにひそんだヤスさんも、のどをごくりとならしました。

かあさんが、大鍋一ぱいつくる手うちうどんのにおいです。

かあさんの手うちうどんは、ずんぐりむっくり、ぷちぷちとちょんぎられて、野菜といっしょに、ふつふつとにえているはずです。

「あれ、新しい村長さん！　こんなおそうになにかありましたか？」

「こんばんは。あんたんとこ雪はだいじょぶかな。

ここのところ、村もひとりへり、ふたりへりして、さみしうなりましたな。そうそういいニュースですちゃ。こんど町へ近道ができましてな」

「近道？」

かあさんは首をかしげます。

村長はにやりと笑いました。

「あんたのうちは男手がないで、雪おろしもたいへんですのう」

「ええ、ひとりしかおらんむすこが、とおくへ、でかせぎにいってしもうて」

かあさんは、とおくをみるように、目をほそめました。三年のあいだに、ずいぶん年とったようにみえます。

「じつはな。町でむすこさんらしい人にあいましたちゃ」

「えっ、村長さんが？むすこを知っとられますか」

かあさんがのりだしました。

「ほいで、げんきでおりましたでしょうか」

「町の下水工事をしとられましたぞ」

「あの子からは、ちかごろなんの便りもありませんで。下水ですか？　なれん仕事でしょうが」

かあさんは、まゆをひそめました。

「なあに、そりゃみごとなものですわ。とかいちゅうもんは、こわいくらいですぞ。かたいコンクリートの地面の下に、きれいな水もきたない水も、ほうや、動脈と静脈のように、きっちり流れとりますちゃ」

「ほうですか」

かあさんは、深くうなずきました。

「むすこさんは、もう、もどりませんぞ」

「ええっ」

「町はべんりなたのしいところやから。むすこさんは、かえりとうないいうとられましたぞ」

いたち村長は、うちのなかをじろじろながめまわしました。

「いいえ、ヤスヒロは、そんなむすこじゃありません。うちのためをおもうて、働いてくれとりますちゃ」

かあさんは、りんとした声でこたえました。

村長は、ちょっとからだをうごかして、うちのおくが、もっとよくみえるいちに立ちました。

土間に飼っているにわとりが、いっせいに、ココケケと、さわぎだしました。

いたち村長の目がきらりと光ります。

「うまそうなにおいですな」

「どうぞ、どうぞ。わたしのうどん、たべてってください」

かあさんはおわんをとりに、おくへひっこみました。

いたち村長が、戸口からすべりこもうとしました。ヤスさんはおどり出ました。

「かあさんのにわとりをとる気か」

「やっ、さっきの工事人」

いたち村長は、びくっとしました。うろたえると、家の裏の山道へ逃げます。家の横に立っているクルミの老木が、みぶるいするように、ばさばさと雪をおとしました。

「かあさん、ヤスや。ヤスヒロや。いま、いたちを追っぱらうからな」

ヤスさんは、戸口からさけぶと、いたちのあとを追って、急な坂をのぼります。

「ヤス？　かえったがか？」

うしろから、かあさんの声がきこえたようにおもいました。

「かあさんをだますか」

ヤスさんの胸はにえくりかえっていました。

いたち村長は、ふぶきのなかを、もがくようにはうように走ります。がけぎわで、いたち村長はふぶきにのまれるように消えました。がけの上から、ちいさな雪つぶがくるくるまわっておちてきます。

(がけの上に逃げたな)

ヤスさんは、がけからたれている強い葛のつるにつかまると、くいとちからいっぱい急な斜面をかけのぼります。

×　×

ヤスさんは、はっとわれにかえりました。息をはずませて、あなのふちに立っているだけでした。

手には、しっかりと冷たいチェーンをにぎっています。

道路の上には、人影ひとつありません。

ただ、ぼたん雪がおおきくちいさくおちてくるばかりです。

ヤスさんはほっと息をつきました。

「この工事がすんだら、おれも村へかえらないかんなあ」

ヤスさんはつぶやきました。

フーくんの野球

フーくんのホームラン

きたかぜが　ひゅーとふくひ。
あきちで　しょうがくせいたちが　やきゅうをしている。
「ぼくもいれて」
フーくんは　よこにたって、四かいも　いったけれど、四かいとも、おおきなこえが、でなかった。
ようちえんの　ともだちと　あそぶときには、いつも　おおきなこえが、でるのに。
あそこに、なかよしの　二ねんせいの　マサキがいる。そのおにいさんの　トモヒロも　いる。
（こっち　みないかなあ。ぼくも　やきゅうしたいんだ）
ほんとうのやきゅうは　したことないけど　やきゅうばんゲームなら、なんかいもしたもん。
ホームランが　よくて、だめなのは　アウトなんだ。
ボーン。とつぜん、ボールが　フーくんの　ほうへ　とんでくる。フーくんは、あわてて　よこへ　にげる。ダダダと、あしおとが　して、かけつけたこの　グローブに、ボールが、バシッと　はいる。

「あぶない。チビどけ」

また、チビっていう。

「フー、はなれてろ！」

とおくから、トモヒロが　さけんだ。

フーくんは　はなれない。こんどは、そこにあった　だれかの　バットを　いじりだす。

（ぼくもやきゅうしたいなあ）

おや。こんどは　マサキが、うつばんだ。キャッチャーは　トモヒロ。

フーくんは、マサキのそばに、かけていって
「マサキくん」

って、ちいさくよんだ。

「フーか。うつから　みてろ」

マサキは、てのひらを　ズボンで　こすってから、バットをにぎる。

マサキが、バットを　ふると、ボールは、あきちの　おわりまでとんで、かれくさの　うえで、まがって　はねた。

「ホームラン」

みかたは、おおよろこびの　はくしゅ。

マサキは、バタバタ　はしって、ひとめぐり。

「いってん」

と、さけびながら、かえってくる。

フーくんは、もう　むちゅうで、だれかの　バットを　ひきずると、バッターボックスに　たった。

しょうがくせいたちは、おどろいて　かおを　みあわせる。

「よしっ。フーもはいれ」

六ねんせいの　トモヒロが、つよい　こえで、いった。

フーくんは、そのばしょで、ぴょんぴょん、とぶ。

トモヒロは、まえにも、しょうがくせいの　かけっこに、いれて　くれたんだ。ところが、ピッチャーの　タケシたちは、もうはんたい。

「チビをいれると、やりにくいぞ」

「じゃまだなあ」

フーくんの　ために、バットを　えらんできた　マサキが、こまった　かおをした。

「じゃ、いっかいだけ。うたせて　やろうよ」

トモヒロは、そういうと、フーくんの　てを　うえから　もって、バットの　にぎりかたを、おしえる。

ピッチャーの　タケシは、しかたなく　ふわりとやわらかく、ボールを　ほうる。

えいっ、あたらない。二ども　からぶり。

三どめに、やっと　バットが、ボールに　さわって、ボールは、ポクン　ポクンと、キャッチャーのよこへ、ころげた。

ここで、トモヒロが、さけぶ。

「ホームランだ。フーはしれ」

あれっ。へんだな。ホームランて、ポーンととぶことだろ。でも　トモヒロは、ホームランて　いった。フーくんは　とびあがると、マサキみたいに　むねをはって、でこぼこグランドをはしる。

「いってん」

と、さけぶ。

「いまのは、いってんじゃ　ないぞ」

「そうだ。おまけの　ホームランだもの」

まもりの　チームが、さわぎだす。

フーくんは、いっぽ　ふみだす。

「ホームランだから、いってんだあ」

くちを、へのじに　まげて、トモヒロを　みる。

トモヒロは、こまって　あかくなった　はなを　こすっている。

「フー、いまのは、とくてんなしの　ホームラン。いってんじゃ　ないんだ」

フーくんには、よく　わからない。でも、トモヒロが　いうのだから　しょうがないや。フーくんはしたを　むいて、マサキの　かげに　はいった。

それから、みんなは、フーくんは　おわりまで、ずっと　しゅびって　きめちゃった。がいやの　がいやだって。

みんなから、とおく　はなれた　あきちの　すみっこで、フーくんは、てを　りょうひざに　がっちり　おいて、めを　みひらいて　かまえる。

ポン。ポーン。ボールが、つぎつぎ　とぶけれど、フーくんの　ところへは、ぜんぜん、こないんだ。

ひとつでも　いいから、こないかなあ。

はんズボンから　でている　あしに　つめたいかぜが、ぴし　ぴし　あたる。

とおくの　そらに、ゲイラだこが、あがっている。
そのとき、セカンドの　マサキが、くびを　くるりと　まわして、フーくんをみつけると、にっと　わらった。フーくんは、ほっと　する。フーくんは、ちからを　いれて　かまえ　なおした。

ぼくわかった

あたたかいかぜが、ほわーっと　ふく　ひ。

フーくんは、一ねんせいに　なった。

にゅうがくしきから　かえると、フーくんは、あたらしい　ふくも、くつも、ぽんぽんと　ぬぐ。

ずうっと、いかなかった　あきちへ、はしって　いく。いつも　しょうがくせいが、あつまる　あのあきちへ。

「おーい。フー、いちねんぼうず」

「おまえ、まえから　三ばんめに　いたろ。みたぞ」

マサキたちが、かけよって　とりかこむ。

「トモヒロくんは？」

フーくんは、トモヒロの　すがたを　さがす。

いっせいに　ざっそうが　めばえた　あきちに、トモヒロは　いなかった。

「トモヒロくんは、きょう　こないさ。もう　ちゅ・う・が・く・せ・い」

「ふーん。ぼくだって　しってたもん」

フーくんは、つよがって　しって　していたふりを　したけれど　きゅうに　さびしくなった。トモヒロがいたらいいなあ。

タケシが、だいひょうして、
みんなを　ふりかえる。

「一ねんに　はいったから、フーも、せいせんしゅに　しよう、なっ」

「フー、せいせんしゅ　だって、かっこいい」

マサキの　はずんだ　こえ。

「さあ、しあいだ」

「うでがなる。うでがなる」

バットを　二ほんも　もって、ふりまわしているものの、じゅんびたいそうみたいなことをしているもの。

フーくんは、ホームランで、いってん　とれなかったことを、おもいだした。とても、ざんねん　だったもの。

もう、せいせんしゅ　だから、いってん　くれるね、きっと。

フーくんは、マサキと　ちがう　チームに、いれられた。

六ねんになった　タケシが、キャッチャーと　アンパイヤ。かすれごえで、さけぶ。

「一ばんバッター、フーくん」

フーくんは、おなかが　きゅーと、なった。

ピッチャーは、ジュンで、ひだりとうしゅ。ズボンの　うえに、したシャツが、はみだしている。はやい　たまが、フーくんの　あたまをこえる。フーくんは、めを　つぶったまま、バットを　ひとふり。

「からぶり。ストライク　ワン」

みんな　みている。きまりわるいや。つぎも　しっぱい。

三つめの　たまに、とびつく。あたった。ボールは、みぎの　くさむらに　とびこんで、うごかなくなった。

「ファウル」

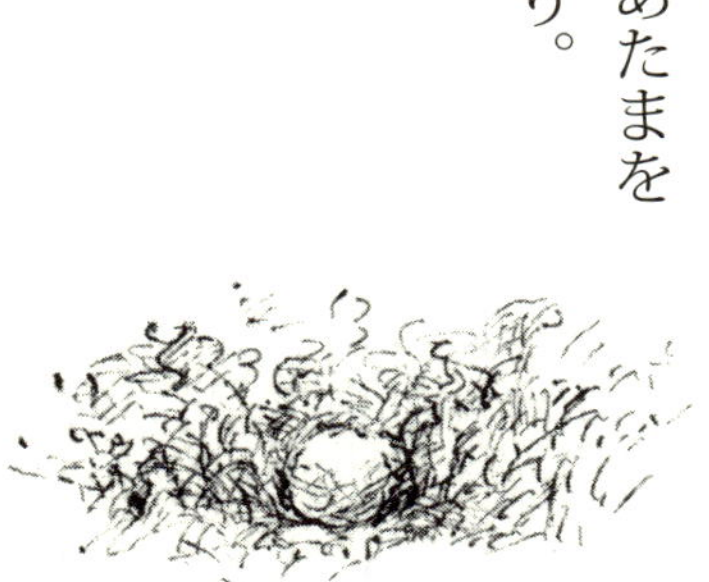

フーくんは、ふりむいた。タケシは、すましている。

わかった。このまえのは、やっぱり　ホームランとちがうんだ。ぼく、ここんとこ
ろが、しりたかったんだ。ほんとに。ファウルって、こういうことなんだ。

ジュンが、またもやふりかぶる。フーくん、おおいそぎで　かまえる。

「フー、もっと、はやく　ふるんだ」

みかたのおうえん。

コーン。こんどは、いいおとがした。

「フー、はしれえ。一るいで、とまるんだ」

フーくんは、一るいにいた　マサキに、ぶつかるようにして　とまる。

マサキは、てきのチームなのに、てを　たたいていた。

「ヒット、ヒット」

もう、ぼく、しょうがくせいだもん。みんなと、おなじ　やきゅう　できるんだ。

一ねんに　なってよかった。フーくんは、マサキを、みあげて、わらって　みせた。

しょうきゃくろにあつまれ

雨の日

　その日、学校がおわるころ、夕立がきた。学校のしょうこうぐちは、かさをもってかけつけた　おかあさんたちで、一ぱいになった。まゆみのおかあさんは、となり町の小学校の先生だから、むかえにきてはくれない。

　まゆみは　いつものように　さみしいきもちになった。それから、なにかに　ぶつかりたいきもちにかわった。おかあさんたちの人がきの、まんなかにどんとたいあたりして、外へ　はしりだす。

　どしゃぶりの雨のなかを　あるきだすと、ようふくもスリップもパンツも、びっしょり、からだに　くっついて、きもちがわるかった。

「はいれよ」

　きいろいかさが、ニューッと　つきでる。おなじクラスのミキオだ。

「いらないっ」

　まゆみが　つっぱねるようにいう。ミキオは、

「きょうしつに　よびのかさが　あったのに　どうしてさしてこないんだ？」

とのんびりたずねる。

「いらないの。ぬれたほうが　いいの」

まゆみは、いらいらして　こたえる。

ミキオは　へんなかおをして　だまって　しまった。ミキオのさしている　きいろいかさに、くろいじで　おおきく三年一組と、かいてある。アッとおもった。クラスのかさだ。ミキオのおかあさんだってこなかったのだ。

そのとき、どんと　うしろからこづかれた。

「ま・ゆ・み」

まゆみは　よろよろと　ころびそうになって、ふりかえる。みじかい　かみのけがカッパのようにひたいにはりついた女の子が　わらって立っている。ふとった　おおきな子。

「あっ、わたなべさん」

てん校してきたばかりのカツ子だった。やっぱり　かさをもたない。カツ子もずぶぬれだ。

「まゆみ、わざと　ぬれてかえるんでしょう」

――なれなれしく　わたしのことを　よびすてにしてる――

まゆみは、カツ子を見あげる。カツ子は、いたずらっ子らしい目を　うごかして、

いった。

「ぬれてかえるの　おもしろいよねえ」

「うん」

まゆみは　うなずく。

カツ子は、空をむいて　くちをあける。雨は　くちのなかに　いせいよく　とびこむ。

「はやく　はしろうよ」

たったいま、くちをあけていたカツ子が、ぐいとまゆみの手をひく。つよいちからだ。まゆみは　またよろめく。

「いいの。わたし　あるいていくから」

「はしろうよ」

カツ子は　くりかえす。

「はしろうよ。のんびりやさん。おなじ団地ってこと、もうしってるんだ」

まゆみは、目をみはった。

いままで、まゆみは家へかえると、ひとりぼっちだった。テレビとマンガだけがあいてで、だれもあそびにこないし、じぶんからも　でかけない。

ぬれねずみのふたりの　かみから、まぶたから、ランドセルから、しずくがたれる。まゆみは　はずんでいった。

「うん、はしろう」

雨は、あがりかけていた。水たまりに　つぎつぎとふみこみながら　はしる。

――カツ子とは、これからまいにち　一しょにかえるかも　しれない。

団地のいりぐちに　つく。

「うちのおかあさん　まだ　かえってないいんだ。ほけんのしゅうきんだからね。いそがしいよ　まったく。じゃ、あとで　あんたんち　いくからね」

カツ子は　そういいのこすと、すばやく　はしりさった。

ウルトラC

はれあがった空。ポプラのはのおもてが、ひかっている。

カツ子とまゆみは、団地ないの　小こうえんへとはしった。せまいこうえんのなかの　ブランコも、すなばも、まだ　かわいていいない。

こうえんの　はずれに、団地のしょうきゃくろがある。

「まゆみ、あそこであそぼう」

めざとくみつけたカツ子は、はしりよる。たかいえんとつをつけたしょうきゃくろは、ブロックべいで、きっちりかこわれ、こうえんと　くべつされていた。

ふたりはかこいのうちへはいる。

てつで　がっちりつくられた　しょうきゃくろ。どんなねつにもたえそうな　すすけた黒いとびら。ならんでコンクリートづくりのしゅうしゅうばこもある。ふたをあけると、びんやかんや、もえないごみが　くらいあなのなかにみえる。

「みーつけた」

カツ子が、かた手のないにんぎょうを、ひっぱりだす。まゆみがとめる。

「あぶないよ。びんのわれたのあるから」

カツ子はにんぎょうを、ふたの上にすわらせるとこんどは、しょうきゃくろのふたを　りょう手で、ぐいとひらいて　のぞきこむ。

「もえてない」

つぎは、ブロックべいに　よじのぼる。つなわたりのようにちょうしをとって、へいの上をあるく。

そこから　しょうきゃくろのかまの上にのる。

「そんなあぶないことしちゃだめよ」

まゆみは　はらはらする。

「だいじょうぶ。もえてないよ」

カツ子は、そういいながら、へっぴりごしのかっこうで、もとのブロックべいにもどる。

「まゆみ、ウルトラCごっこしようよ」

へいの上のカツ子は　みあげるように　たかい。たいそうせんしゅみたいに手足をうごかす。

まゆみもコンクリートのごみいれを　あしばにして、ブロックべいに　よじのぼる。うでに、ざらざらしたかべが　こすれて、しろくあとがつく。へいの上に立つ。

こうえんのベンチも、とおくにみえるベビーカーをおしているおばさんも、みんな足の下になった。

でも　あるくのは　こわい。しゃがんだまま　じりじり　すすむ。

「へん、あるけないのかよう」

四年生のテルオとイチロウ、そのおとうとのトンちゃんが、いつのまにかそろってみあげている。

「やあーい、へた」

いままで　あそんだこともない　かおばかり。

「じゃ、あんたたち、あるいてみな」

カツ子が、かわって　うけてたつ。

テルオとイチロウが　へいにとびつく。

カツ子は、のぼらせまいと、その手を　はらう。いきおいあまって、じぶんが　おちかける。

みんながわらった。

「おまえ、みたことないな。だれだよ」

「カツ子よ」

「なんだ。カッパだってえ」

みんながまたわらった。

へいにのぼれないトンちゃんは、ごみいれからあきかんや、めずらしそうなびんを、つぎつぎとひっぱりだす。

「おい、どけ」

テルオが、かわりに　くびと　手をつっこむ。

イチロウも　カツ子も　むらがる。

まゆみだけは、へいからおりなかった。いつもとぜんぜんちがう　ながめに、むねがおどる。ちょっと　とくいでもあった。

まゆみは、こうえんをよこぎって男の人が、つかつかとちかよってくるのにきづいた。

「だれか、こわいかおした　おじさんが、こちらへくるよ」

下にいたみんなは、まじめなかおをした。

「じちかいのおじさんだ。このあいだも　しかられたもん」

テルオがいう。

「にげよう」

カツ子が、まゆみの手を　とろうとする。

「にげない」

まゆみはこたえた。

「きみたちだね。このごろしょうきゃくろのまわりで、いたずらするのは」

くびをすくめたのは　テルオだ。

まゆみは、へいの上に　しゃがんだまま　うつむいた。おじさんの　めくったワイシャツのそでから、ちからのありそうな　うでがみえる。

「あぶないあそびはやめなさい。このちゅういがきにも　かいてあるだろう」

おじさんはまゆみをみた。

「きみは、たかぎ先生とこの　おじょうちゃんだね」

まゆみは　たかいところで、しおれて　うなずいた。おどろいたことに、おじさんが　みえなくなると、カツ子は　けろりとしていった。

「きょうはやめた。あした　またここにこようね。おもしろいもん」

「よし、こような。しょうきゃくろにあつまれ！」

テルオも　うれしそうにいった。

そのよる、おかあさんは、いもうとのミイ子に、そいねしながら、本をよんでくれた。

まゆみは、うわのそらで、カツ子のことを　かんがえている。あのこのおかあさん、しごとしているって　いったけど、きょうだい　いるのかしら。

まゆみのおかあさんは　本をよみかけたまま　いつのまにか　ねむってしまっている。しごとでつかれてるんだと、まゆみは　おもった。

トンちゃん

しょうきゃくろに　あつまる　ともだちは、みるみるふえて、八人になった。

みんな、夕がたになっても家へかえることを　わすれてあそぶ。じかんが、たりないくらいだ。

ごみいれから　ひっぱりだした　かんで、かんけりをする。びんを　ならべてボーリングのまねをする。じゃまばかりして　かけまわるトンちゃんを　ときどきつかまえて、どうあげをする。ばつなんだが、トンちゃんは大よろこびで、はしゃいで　にげまわる。

カツ子とまゆみには、とてもおもしろいあそびがあった。しょくどうごっこ。すてられたびんに　のこっている　ちょうみりょうや、ジュースや、くすりを　かんにいれて、まぜながら、やけているしょうきゃくろの　あついかまにのせる。

「はい、おいしいシチュウです。これはカツ子ジュースです。どちらに　しますか」

学校のじゅぎょうじかんには、わりあいおとなしいカツ子も、しょうきゃくろのそばでは、たのもしい。トンちゃんを、とてもかわいがる。おかげでイチロウは、ト

ンちゃんから　かいほうされて、テルオたちと、ウルトラCごっこだって　できる。

きかいずきなテルオは、大がたごみとしてだされる　こわれたテレビやじてんしゃを、ねっしんに　ぶんかいする。

イチロウは、テルオに　ぴったりよりそって、目だけで　ぶんかいのてつだいをする。

「このぶひん　もらって、おまえのじてんしゃ、なおしてやるからな」

「ぼくのは、パンクだぜ。ブレーキも、ちっと　いかれてるけどな」

「みせろよ。ぼく　なおせるよ」

まゆみは、〝テルオってすばらしいな〟とおもう。

トンちゃんも、シャツのしたから　おへそをのぞかせて　よこでみている。

カツ子が　トンちゃんを　からかった。

「トンちゃん、チョコレートっていってみな」

「ショコレート」

こんどは、まゆみのばんである。

「トンちゃん、ポケットっていってみな」

える。

「コペット」

トンちゃんは、目をまんまるにひらいたまま、おもちゃのにんぎょうみたいにこたえる。

「トンちゃんのバカって　いってごらん」

「まゆみちゃんのバカ」

おもちゃのにんぎょうは、すましてこたえる。

じてんしゃを　いじりながら、テルオが　くすりとわらう。まゆみは赤くなる。

「イチロウ、このあいだ　ふるいスキーが、すててあったろ。あれで　ぼく　そりを作るんだ。はやく冬になって、雪が　ふらないかなあ」

テルオは、もう冬を　まっている。イチロウが　たのむ。

「このへん、雪　ふらないものな。もし、ふったらぼくも　のせろ」

「わたしも」

カツ子がのりだす。もちろん　まゆみも。

みんなは、それきり　トンちゃんのこと　わすれて　雪のはなしを　はじめた。

とつぜん、ヒデキが　さけび声をあげた。

「トンちゃん、へんなもの　のんでる」

みんなの目が、さっとトンちゃんへ　あつまる。

すこし　はなれたところで、トンちゃんが　ぎゅうにゅうびんを　かかえている。

くちびるに　きたないいろがついている。

「まずいや」

トンちゃんが、いやーな　かおをした。

「トンちゃん、なにのんだ？」

イチロウが、とびついて　びんをうばう。

びんのそこには、ドロッとしたものが　ついている。すてられていた　ぎゅうにゅうびんのなかのものを　のんだのだ。

トンちゃんのせなかをたたいて、カツ子がのぞきこむ。

「たくさん　のんだの？　トンちゃん」

「のんだ」

トンちゃんが、エーッと　おくびをする。

「さっちゅうざいなんか、のんだんじゃないか？」

ヒデキがいった。まゆみとカツ子は、いきをのんで、かおをみあわせる。

「はやくおばちゃんに　いわなくちゃ」

イチロウが、トンちゃんを　おぶってはしる。

みんなも　あとをはしる。

「トンちゃん、さっちゅうざいを　のんだかもしれないよ、おばちゃん」

ヒデキがいった。

トンちゃんの　おばさんのかおが、ひきつった。

それから　大さわぎになった。

トンちゃんは　水を　たくさんのまされ、おばさんに　だかれて　びょういんへいく。

くるまに　のりこむとき、トンちゃんは　だらりと　だかれたまま、よこ目で　カツ子のほうをみた。

くるまのうんてんは　テルオのおばさんだ。

しょうきゃくろのブロックべいに　よりかかったカツ子が、やっと　くちをきいた。

「ねえ、まゆみ。トンちゃんだいじょうぶよね」

おおきくまっかな夕日が、だんちのたてもののあいだを　おちる。

——どうか、トンちゃんの　のんだものが、こわいくすりでは　ありませんように

――

そう　まゆみも、さっきから　ひとりで　いのっている。

「まゆみ、これに　なんてかいてあるか　よめる？」

カツ子は　ブロックべいに　はりつけてある　ちゅういがきの　けいじを　ゆびさした。

ふたりは　よめる字だけ　ひろいよみした。

いみが　すこし　わかったような　きがした。

学校のなかにも、こうえんにも、けいじばんや　たてふだが　あるけれど、まゆみは　きょうのように　こんなに　いっしょうけんめい　よもうと　おもったことはない。

そのよる。

「トンちゃん、だいじょうぶだって」

トンちゃんのうちへいった　おかあさんが、かえってきた。

「よかったわね」

まゆみは　おかあさんに　とびついた。

「あぶないくすりは　はいっていないようだって。トンちゃん　いを　あらったのよ」

なみだが、いっぱいになって　あふれる。カツ子に、すぐしらせてあげよう。

「まゆみたち、びんにのこったものをあつめて　あそんでいるんですってね」

おかあさんは　まゆみを見ながら、とがめるように　いった。

「トンちゃんは、わからないから、ほんきで　のんだりするのよ」

イチロウが、しゃべったのだ。そのことは、はんせいしていたんだ。カツ子も、まゆみもずっと。

まゆみは、うなずいて　なみだをふいた。

わるい子

『このあいだ、幼児が　すてられたびんの　なかのえきを　のむ　じけんがありました』

じちかいの　かいらんばんが　きた。

『びんをすてるときは　きをつけましょう。さいきん　しょうきゃくろふきんで　あそぶ子どもたちがいます。びんやかんを　もちだすことは　やめましょう。ひるまおつとめのごかていでも、じゅうぶん　いいきかせて　ください』

おかあさんは、まゆみが朝、学校へでかけるときに、ねんを　おす。

「あそこで　あそぶのは　やめてね。みんなで、きれいに　たいせつに　つかわなくてはいけない　ばしょだから」

――団地のなかで　あんなに　おもしろいところはほかに　ないんだけどな――

まゆみは、その日も　いちもくさんに　しょうきゃくろへはしった。とちゅう、おなじ三年のリエとマサコにであった。リエは、まゆみに、きく。

「しょうきゃくろへ　いくんでしょう」

マサコもリエと、うなずきあっていう。

「まゆみちゃんたち、しょうきゃくろで　あそぶひとたちわるい子よ」

リエは、うなずいて、つけたす。

「そうよ。おかあさんが　いったわ。ちいさい子にへんなもの　のますひとは、わるい子だから　あそんじゃいけませんって」

わるい子って　わたしのこと？　まゆみは　くちびるがふるえて、リエたちに　なにも　いいかえせなかった。

――わたし、トンちゃんに　わざと　のませたんじゃないのに――

――〝わるい子〟〝わるい子〟――

ふたりが　いってしまっても　まゆみは、じっとぼうのように　立っていた。

――このままうちへかえろう。もうだれともあそばない――

ならんだ　団地のたてものに、おなじまどが　光る。どこのうちの　おふろばのまどぎわにも、せんざいのようきが、いろとりどりに　おしつけられてうつっている。

おもいきもち。まゆみの足は、しょうきゃくろのほうに　むかっていた。

カツ子とテルオとヒデキが　もう　きている。

「まゆみ、おなか　いたいの？」

カツ子は　じっと　まゆみの　かおをみる。

「ちがうよ。なんともないよ」

まゆみは　むりにわらう。

「なあ、みんな、こんどは　えんせいしようぜ。とおいけど、ねんど山ってとこがあるんだ」

テルオが、さっきからの話を　つづけ、まゆみのほうを　むいた。

「六年生にきいたけど、がけのぼりも　できるし、おもしろいって。それでね、ぼくたちみんなで　たんけんたい　つくっていこうや」

「いこう。いこう」おおのりきのカツ子。

「ねんど山か。雪がふったら、あのそりできるかい」

ヒデキは、そりを　おもいだした。

「トンちゃんも、こんどは　きいつけて、つれてこうよ」カツ子は、トンちゃんのことを　いつでも　わすれない。

「ねえ、しょうきゃくろグループにしようよ、わたしたち」カツ子がいう。「まいにち　しょうきゃくろにあつまって、みんなで　そうだんして　なにかするのよ」

テルオがいう。

「そうだ。しょうきゃくろは、ぼくたちのきちだ。団地のなかだけじゃ　つまらないや。そこから　どんどん　たんけんたいを　くりだすんだ。ねんど山にも、もうひとつ　きちをつくろう」

それから、おもおもしく　つけたす。

「じゃ、みんなをよんでこよう。〝しょうきゃくろに　あつまれ〟って。まゆみ、たのむな」

——うわっ　いいな。ミキオもなかまにいれよう——

まゆみは、さいごまで　きかずにかけだした。
〝わるい子〟のことは、どうでも　よくなった。
ともだちって　ふしぎだなあ。
することが　いっぱいあって、じかんが　いくらあってもたりないんだ。
すずしいかぜが、まゆみのあとを　おす。

かいがんでんしゃ　ネム号

1　プロローグ

なつの　うみべの　ゆうがたです。
「しゅうでんしゃ、しゅっぱつでーす」
かいがんでんしゃの　ネムごうは、いちばん　おそくまで、うみで　あそんでいた　おきゃくさんをのせて、はしります。

　カタカタカッタン　カタカタカッタン
うみの　においも、いっぱい　のせて、かえります。
かいがんどおりに、いちれつに　ならんだネムのきが、
「さようなら　おやすみなさい」
「バイバイ、またあしたね」
　カッターン　ゴットーン
　ネムごうは、はしります。

2

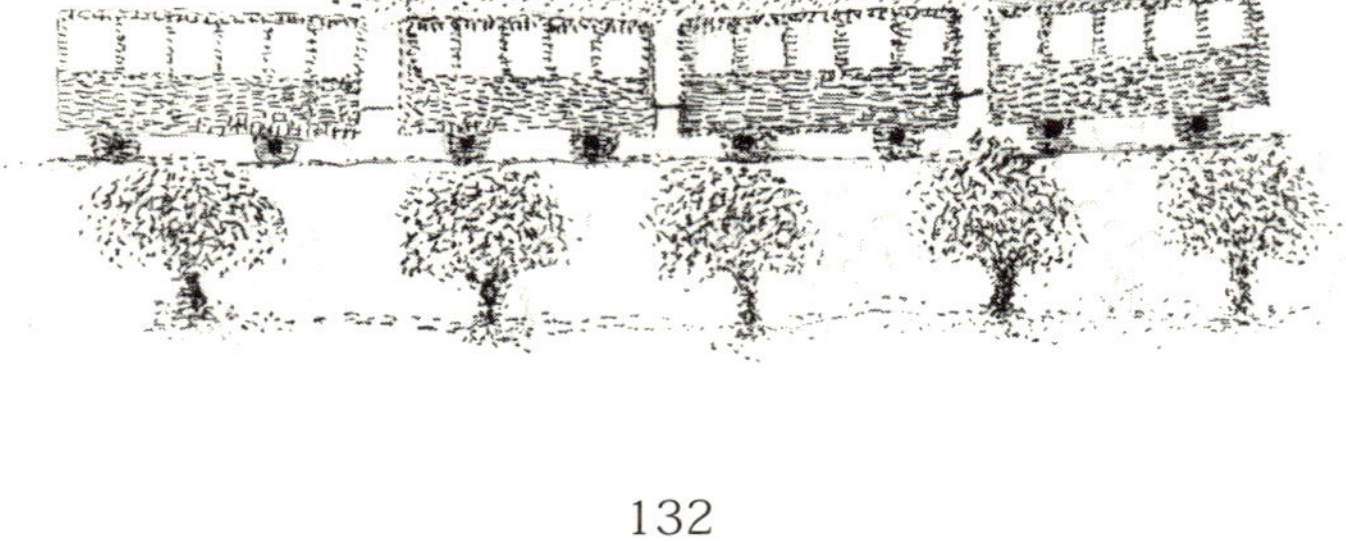

ネムごうは、しゃこに　はいりました。

「あれっ、きみ　だれだい？」

「ぼく？　ぼくは、しんがたでんしゃ　シーサイドごうだよ。かいがんに、おおきなレジャーランドができるから、きたのさ」

「レジャーランドだって？　そして、きみが　きたのは、なぜかな？」

「なあんだ、なんにも　しらないのか、おじさんは。こんど、おじさんは、やまのおくを、はしることになるんだってさ」

「そんなの　いやだ。わしは、このかいがん　だいすきなんだ」

「レジャーランドが　できると、たくさん、おきゃくが　のるんだ。ネムごうおじさんじゃ、ちいさくてきたなくってさ」

3

「なんだって！　わしは、まだ、げんきに　はたらける。わしは、このかいがんで、いつまでもはたらくのだ」

ネムごうは、おこって　しゃこを　とびだしました。ぷんぷん、おこりながら、かいがんに　むかって、はしります。

ガタガタカタン！　ガタガタガッタン！

4

「あっ。あれは？」
ネムごうは、びっくり。
おおきな　かにが、はさみを　くるり。
みなさん　みぎへ　一二三四
はい　おじぎ。
よるの　すなはまに　たくさんの　かにたち。
みなさん　ひだりへ　一二三四。
はい　あくしゅ。

なみのうた　ざぶざぶざぶり　ざぶじゃっぽん。
はさみを　しゃきしゃき。
かにたちは、つきを　みあげて　またくるり。

5

ネムごうは　ひとりごと。
「こんやから、かいがんの　こうじが、はじまる。レジャーランドが　できると、みんなの　すなはまとられちゃう。どうしたら　いいんだ！」

6

「おうい、　かにくーん」

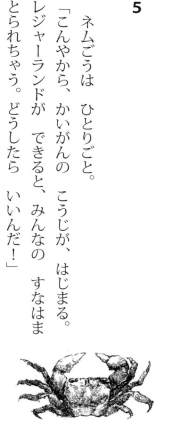

ネムごうは、ベルを　リーンリーンと、ならしました。

「かいがんでんしゃ、ネムごう　しゅっぱつ」

ドアを、いっぱいに　ひらきます。

「きっぷは いりません。だれでものれます」


「かいがんでんしゃだってさ」

「のろうよ。のろうよ」

「ともだちもよんで、みんな　みんな、のってくださあい」

とおくからトラックのおとがします。

こうじの　トラックです。

たくさんやってくるようです。

「みんな　のって　のって。はやく　はやく」

ネムごうは、さけびます。

リリーン
かにが、わいわい　のりこみました。

やどかりは、いそぎんちゃくを　おんぶして。

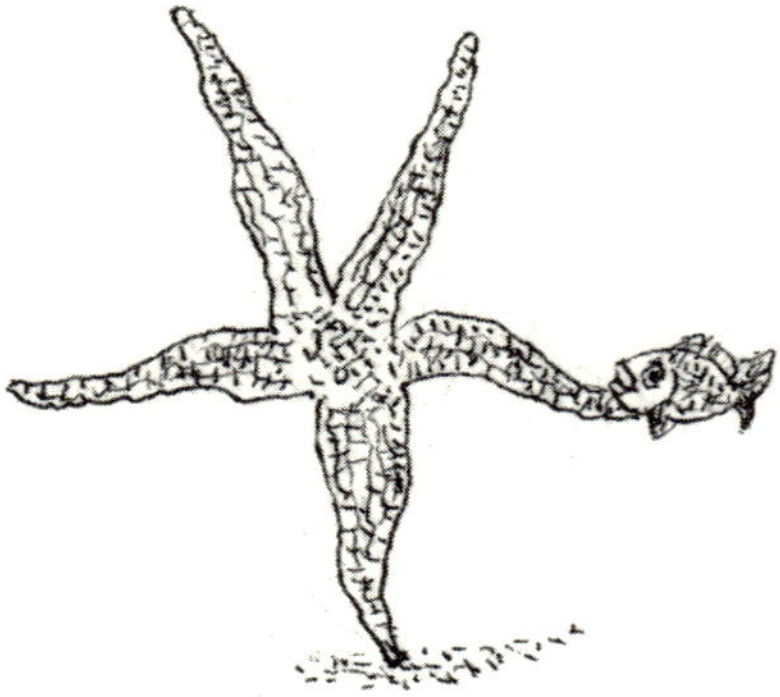

ひとでは、さかなの　あかちゃんを　つれて、のりこみます。

おおいり　まんいん。おっと　どっこい。

ネムごうおじさん、ひとあんしん。

「こりゃ　たいへん。みんな　のせては　みたけれど」

うでぐみをして、かんがえこみます。

「さあ、どうしよう。せんろは、ここで　おしまいだ」

7

「レールが、のびてきゃ　いいんだよ」

おおきな　かにが、おおきな　はさみを、ふりたてて　くるり。

そのとき、つきの　ひかりが　まどに　さしこんだ。

「さあ、うたおう。レールよ、のびろの　うたを」

まどきわに　のぼった　おおかにが、つきを　みながら、おおきな　はさみをふって、うたいだします。

「はいっ、レールよ　のびろ。
つきの　あかるい　うみべには、
かいがんでんしゃが　はしります。
とおく　とおくへ　はしります」
たくさん　たくさんの　かにたちは、うれしそうに
たのしそうに、つきよの　かいがんでんしゃの　うた
を、うたいます。
と、うたに　あわせて　せんろが、する、する　する
ーっ、まえへ　まえへと、のびていきます。

8

ネムごうは、つきよの　かいがんを、はしります。
どこまでも、どこまでも。
カタカットン　カタカタカッタン

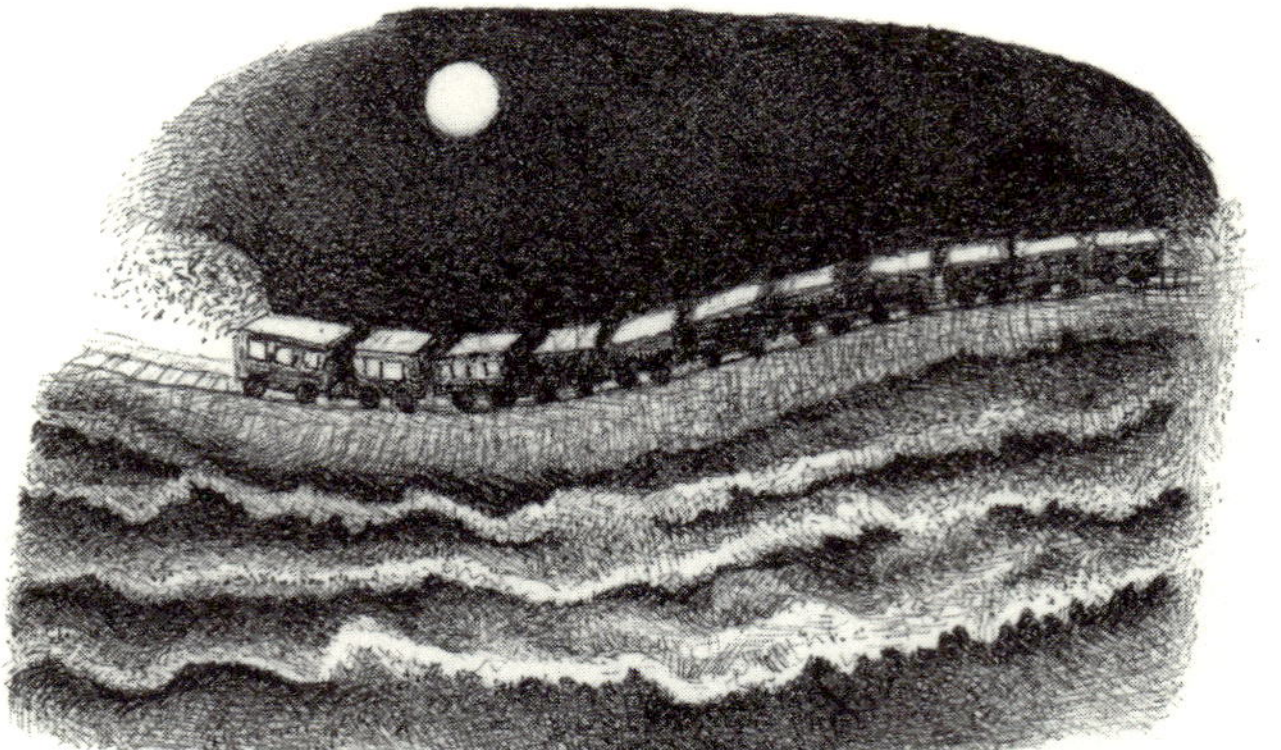

ずっと　ずっと、さきへ　むかって、はしります。
「うみはすてきだよ。うれしく　なっちゃうよ。
かいがんは　ながいよ。どこまでも　つづくよ。すてきな　かいがん。すてきな　うみ」

9　エピローグ

ネムごうは、あれから、まんげつの　よるになると、たくさんの　かにたちを　のせて　はしります。

かいがんでんしゃの　ながい　ながい　レールのうえを、げんきいっぱい　はしります。

どこまでも、どこまでも、うみべの　レールを、はしっていきます。

ほうら、こんやも、ね。

子ねこの赤いランドセル

（二）

モエおばさんは、小さなお部屋を借りました。

おもい病気で入院していたタクおじさんが、こんど、とおくの山の上の病院にうつったのです。

『毎日、朝から晩まで、つきそってあげなくちゃ』モエおばさんは、そう思って、山の上の病院の近くに、お部屋を借りたのでした。

その夜、モエおばさんは、あかりをつけると、新しくかけたカーテンを、おもいきりあけて、外をみました。

夜の空は、ぼんやりとくもって、星もみえません。

ガラス戸のむこうは、空《あ》き地みたいな駐車場《ちゅうしゃじょう》です。マンションにかこまれて、ひっそりしています。

くらくて、さびしいところです。

「きょうから、ここが、わたしのお部屋よ」

モエおばさんは、とまっている知らないクルマたちにむかって、きっぱりと、いいました。

と、そのとき、クルマのかげから、ふんわり、まっしろなねこがあらわれて、モエおばさんをみつめました。

部屋のあかりが、くっきりとうかんでいるまんなかを、こちらに近づいてきます。

さびしい気持ちになっていたモエおばさんは、なんだか、ほっとしました。

「こんばんは。白ねこちゃん」

モエおばさんは白ねこふうに、ふんわり、声をかけました。

「こんな夜に歩いているのは、のらねこかしら。ちょっと待っててね」

モエおばさんは、お弁当の残りの魚をもってきて、やりました。

白ねこは、おとなしく、カツカツと、魚をたべました。

「やっぱり、おなかがすいてるのね。のらねこのシロちゃん。わたしはモエおばさんよ。よろしく」

モエおばさんは、ひさしぶりに、ちょっと笑いました。

「あのね、タクおじさんは、きょう、つかまって立つ訓練をしたの」

タクおじさんのむずかしい病気の話をしても、ねこにはわからないもの。でも、ちゃんと、わたしの話をきいてくれてるわ。それだけでもいいかな。

モエおばさんは「おやすみ」と、戸をしめました。

次の夜、白ねこは、また、やってきました。

モエおばさんは、買ってきたニボシをやりました。においがぷーんと、ただよいます。

すると、どこからか「うー」と、大きな灰色ねこがとびだしてきて、白ねこを追いかけました。どこまでも追いまわします。

この駐車場は、ぜんぶ、おれのものだ、と、うなりながら。

事件発生です。

「ようし」

モエおばさんは、白ねこの味方です。

はみがき用のコップに水をくんできて、灰色の大ねこに、ばしっと、かけました。

水はとどかなかったけれど、灰色ねこは、モエおばさんのほうを、いまいましそうにふり返りながら、ゆっくり歩いて、クルマのかげに消えました。

「こわい、いじめねこ。白ねこちゃんも、たいへんなのね」

次の日、モエおばさんは、夕方、あかるいうちに帰ってきました。お部屋に、お店から小さなテーブルがとどくはずでした。

「おや、まあ」

モエおばさんは、びっくりしました。

白ねこが、かわいい二ひきの子ねこをつれてやってきたからでした。

「どこに、ちびちゃんたちをかくしていたの？」

子ねこも、ふんわり、まっしろでした。

白ねこは、すぐそばにごろんとねころぶと、子ねこたちがちょこちょこ走るのを、前あしであやしました。

おあそびがすむと、三びきは、モエおばさんのニボシをたべて、モエおばさんのむずかしい話をきいて、帰っていきました。

次の日も、その次の日も、やってきました。

モエおばさんは、ときどき家に帰らなければなりません。

家におみまいの手紙や、だいじなれんらくがきています。

電車とバスを五回ものりかえて、でかけます。

ある日、お部屋に戻ってきたら、ガラス戸のむこうに、二ひきの子ねこが、前よりももっとかわいくなって、あらわれたのです。

モエおばさんは、声をあげてよろこびました。

「もう、こんなに大きくなって。モエおばさんが名前をつけてあげてもいいかしら」

白ねこが「いいよ、」という顔をしました。

「そうねえ。おねえちゃんのほうはサラちゃん。いもうとはベルちゃん。サラとベル」

モエおばさんは、こっそり買っておいたキャットフードのかんづめを、こんやのためにひとつあけて、ごちそうしました。

ねこたちも、いつになく、はしゃいでいます。

白ねこが、とめてあった青いクルマのボンネットに、とびのりました。

子ねこたちが、ついて走ります。

サラちゃんの肩を、ベルちゃんが二度も、ぽんぽんとたたきました。サラちゃんをひきとめて、じぶんのほうが先に走ろうとします。

「あらら、ベルちゃんは、負けず嫌いね」

クルマがつるつるすべるので、二ひきはのぼれません。

白ねこは、「さあ、ここまでおいで」と、じっとみています。

モエおばさんは、すこし元気がでました。

タクおじさんは、もう、なおらないかも、しれません。でも、がんばろう、と。

（三）

白ねこは、とぼとぼ、駐車場にたどりつきました。後ろから子ねこたちが、しょんぼりと歩いてきます。

少し前に、マーケットの裏側に、売れのこったお弁当のなかみが、出されていたことがあります。白ねこは、ばしょをおぼえています。とおいところだけれど、きょうは、子ねこたちをそこに、連れていきました。

ところが、ついてみると、のこりもののごはんの上には、カラスが三羽もむらがって、「カーカー」と、さわいでいました。

子ねこたちが、襲《おそ》われたらたいへんです。

白ねこは、すごすごと、ひきあげてきたのでした。三びきは、おなかをすかせています。

駐車場の青いクルマの下に、子ねこたちをひそませると、白ねこは、クルマのかげで、じっと、ひとつの部屋をみつめていました。

そのお部屋に、ぱっと、あかりがつきました。

モエおばさんが帰ってきたようです。

白ねこは、クルマの下に声をかけました。

「さあ、出ておいで。でかけるからね」

白ねこは、子ねこたちを、ていねいに、なめて、きれいにしました。

「ふたりとも、おばさんにきちんと、『こんばんは』をいおうね。ちゃんと、ニャオとなくのだよ。さあ、いこう」

子ねこがなくと、ガラス戸があきました。

モエおばさんが、おくから、ニボシをたくさんもってきました。

でも、おかしい。三びきが、たべているあいだ、モエおばさんはひとことも話をしませんでした。

白ねこは、モエおばさんの顔を見上げました。

きょうのモエおばさんは、へんです。

とても悲しそうな目をしていました。

「おばさん、どうしたの？」

白ねこは、ききました。

「おやすみ」モエおばさんが、戸をしめました。

三びきは、つまらなそうに、もどってきます。

「おばさんは、悲しそうだったね」

白ねこが、そっとつぶやきました。


「うー」

とつぜん、黒いクルマのかげから灰色ねこが、とびかかりました。

いつのまに、駐車場にかくれていたのでしょう。

白ねこは、背中を丸めて「ふー」とうなり返しました。

その後ろに、サラちゃんとベルちゃんは逃げこみます。

「ぎゃー」

「にゃにゃん」

空き地のなかに、烈《はげ》しいねこの声がとびちりました。

ガラリ。

と、モエおばさんのお部屋のガラス戸があきます。

なぜか、灰色ねこが、ひるみます。

灰色ねこは、白ねこをにらみながら、あともどり、駐車場の外へ逃げていきました。

「わあ、よかった」

三びきは、お部屋のほうをみました。

モエおばさんの黒いかげが、ぬっくと、立っています。

手には、おそうじ用の長いモップをしっかり、もっていました。

お部屋のスリッパをはいたまま、外に立っています。


三びきは、ひみつのねばしょに帰ります。

「長い棒をもったおばさん、強そうだった」ベルちゃんが力をこめていいました。

「おばさんが元気でよかったね」

サラちゃんがやさしくいいました。

（三）

あれからずいぶんたって、モエおばさんはお部屋を出ることになりました。

タクおじさんが山の上の病院を退院して、これから家で病気をなおすことにきまりました。

きょうは、お部屋から荷物をはこびだしました。あとは、からっぽのお部屋のそうじをするだけです。

あの白ねこたちは、あれっきりこないけれど、どうしたかしら。

管理人《かんりにん》のおじさんがはいってきて、部屋と、小さなキッチン、トイレ、お風呂場を、みまわってから、モエおばさんに、書類《しょるい》をみせました。

それから、ふたりは、ほんの少し、立ち話をしました。

「モエさんのことを、学生さんたちが、なんといってたか、知ってますか？」

おじさんが、にこにこしていいます。

「えっ？」

たしかに、このアパートの部屋にはいっていたのは、モエおばさんのほかは、みんな大学生でした。

「みんな、モエさんのことを『ねこおばさん』と、いってましたよ」

おじさんは、にこにこがおです。

「は、はい。そうでしたか？」

モエおばさんは、モップをもって立っていたじぶんの姿を思い出して、はずかしく、もじもじしました。

あの晩をさいごに、ねこたちにあっていません。

「あのねこを、このごろ見ませんけど」

「三びきともいっしょに、新しい飼い主のところにいきましたよ。やさしそうなご夫婦です。とてもたいせつに飼われています」

おじさんは、じぶんのお手柄のように、うれしそうにつたえると
「では、あとで事務所に寄ってください」と、部屋を出ていきました。


モエおばさんは、ひとり、ガラス戸のそばに立って、外をみました。

「このお部屋も、きょうでおしまいね。さよなら」

その日の駐車場に、クルマはひとつもいませんでした。

空き地には、あかるい昼《ひる》の光がいっぱいさしています。

「おや」

モエおばさんは、なんども、まばたきをしました。

空き地に、かわいいふたりの少女が、かけこんできたのです。

銀色のおそろいのワンピースが、光のなかで、きらきらしています。

髪《かみ》の毛は、きれいにそろって、ゆれています。

ふたりは、にっこり笑いながら、モエおばさんにおじぎをしました。

なにか、だいじなことを伝えにきたようなそぶりです。ふたりでうなずきあって、小さな声で、なにかいいました。

一年生かしら。

二年生かしら。

ふたりは、ま新しい赤いランドセルを背負っています。手にもった桃色の小さな手さげがふくらんでいます。

と、ひとりが、出口のほうにむかってかけだしました。すると、もうひとりが前の女の子の肩を二度も、ぽんぽんとたたき、ひきとめると、こんどは自分が先になってかけていきます。

負けず嫌いさんです。

あっ、このしぐさはどこかでみたような。

ふたりは走りながら、ふりかえって、モエおばさんに、手をふりました。

「きっと、おかあさんが近くで待っているのね」

モエおばさんも、少女たちに、一生懸命、手をふりました。

Ⅱ　詩　エッセイ　創作

かいつぶり

古い池に
一羽のかいつぶり

朝の青白い光が
まばゆく昇るとき
水面《みなも》をすいと　すべりだす
何万回もかき続けてきた見えない脚で

牛蛙の鳴く夜は
葦の間でひそかに眠る
池縁の木の何枚かの葉が
憂いみつめているのを感じながら

娘のようにみえる
友のようにみえる
私のようにみえる
かいつぶり

ぼくの小鳥

病に倒れてから、夫の目は家族のたたずまいに注がれるようになった。それまで仕事、仕事で、いつも深夜に帰宅していた夫は育ち盛りの子供たちの日常をほとんど知らなかったといえる。

父親のことを気遣いながら息子が結婚したとき、私たちは万感の思いであった。この息子は父親譲りというか、大の動物好きである。満一歳の頃に飼い始めたトラ猫のティミーと一緒に育ったのも一因かもしれないが——。

結婚式の後しばらくしてから、私は幼かった息子と小鳥のほんとに小さな出来事を夫に話した。

それは息子が小学二年生のときだった。

四年生の姉がある日、ともだちからセキセイインコをもらって帰ってきた。我が家の小鳥第一号である。名前はピーヤン。小鳥にとっては宿敵の猫と一緒に飼うことになったのだから、私たちはとても気を使った。子供部屋の入口は、いつもしっかり閉じて、ピーヤンの籠は暖かい窓際に置かれていた。

ピーヤンは緑色の羽根を持ち、気が強く、毅然とした鳥だった。息子は姉の小鳥のそばにいっては、そっとさわってかわいがった。姉の小鳥がうらやましくてならない。いつか「ぼくの小鳥」を飼うことが息子の夢になった。

〝お正月にお年玉をもらったら「ぼくの小鳥」を買うんだ〟息子はその日をずっと待っていた。

ついに、その日が来た。母と娘と息子の三人連れは、るんるんと、寒さのなかをスーパーの三階の小鳥屋へいった。たくさんの小鳥のなかから青いセキセイインコを選んだ息子は大きな鳥籠を誰にも手伝わせず自分で運んだ。あいにくその日の寒さは本物で、空から雪がちらちら舞い出していた。大丈夫だろうか。帰宅までの二十分間、私たちは鳥籠をかばって空を仰いだ。不安は的中した。息子がピロと名付けて小鳥と遊んだのはその日だけだったのである。

翌日から小鳥はみるみる弱りだし、翌々日には、もう細い脚で立つことさえ出来ず、うずくまっている。経験不足の私にはどうしてよいかがわからない。胸に大きなポケットのついたエプロンをつけ、そのポケットに柔らかい布をしいて小鳥を入れ、抱くような気持ちで、台所仕事をした。昼過ぎにふと見ると、小鳥はぐったりと目をつむっていた。驚いた私は頬ずりし名前を呼び続けたが、ついに目を開くことはなかった。誰もいない家の中で、私は声をあげて泣いてしまった。学校から帰った息子はピロの姿を見ると、顔を伏せた。小鳥を抱いたまま悲しみに落ちていた私は、ふと息子を思って振りかえった。

部屋の隅で壁に向き合って息子が座っていた。私に背中を向け、たたみの上にきちんと膝をそろえて座っていた。セーターの背中がふるえている。息子は声を出さずに、ひっそりと泣いていたのだ。私が本当にかわいそうなことをしたと、深く思ったのはその時だった。

息子はそれきり、—ぼくの小鳥を飼う—とは二度と言わなかった。

けれども息子は姉が飼育するいきものたちに、いつも憧れた。姉がグッピーを飼育し、酸素装置つきの立派な水槽を机の上に置くと、そのガラスにぴったりと鼻をつけて、なかをのぞいていた。

また姉がアゲハ蝶の幼虫を育てだすと、自分も早速ケースを買いこんで、三十四もの幼虫を入れ、毎日せっせと、からたち、さんしょなど柑橘類の葉を集めてきて、なかにつめこんだ。深夜、がさごそと無気味にうごめく幼虫たちのケースをふたつ、枕もとに並べ、ふたりとも満足そうな寝顔だった。

しかし息子はやはり「ぼくの小鳥」がほしかったのだ。

六年生になったとき、私たち一家は府中に引っ越してきた。隣に第八中学校が建った年でもあり、娘はその中学に転入した。

ある日、風邪をひいて学校を休んだ息子がこっそりと姉の鳥籠を自分の部屋に運び、ピーヤンを室内に放した。まるで自分の小鳥のような気分で遊んだらしい。そのうち、ついうっかりと窓を開けてしまった。ピーヤンは、すいっと、空へ飛び立っていってしまった。

私は自分を棚に上げて、息子のうっかりに少々こごとを言った。姉に申し訳なかったのだろう。息子は戸外にとび出して、近所中の一本一本の木を見上げて探しまわっている。

「風邪をひいているのに！。」

私はまたこごとを言った。帰宅した姉の方は「逃げちゃったんだから仕方がないよ」と、ひとこと大人っぽく言っただけだった。

ところが、それから一ケ月後、娘が学校から鳥籠ごとセキセイインコをさげて帰ってきたのだ。

「一体どうしたの？」

「ママ。これ、ピーヤンよ」

「えっ。ほんとにピーヤン？」

まさしくピーヤンであり、娘の話はこうだった。

その日、娘が教室のベランダにいると、頭上でピーッと強く鳴くピーヤンの声がした。

まぎれもなくピーヤンの声だと娘は思った。見上げると、声は一階上の教室のベランダからきこえてくる。それで三階の上級生のその部屋をたずねていくと、娘は「私の逃げた小鳥みたいだから見せてください」と頼んだ。

担任の大柄な眼鏡の男先生が鳥籠を下げてきて見せてくれた。姿も、それに羽先の傷あとも、ピーヤンに間違いない。

ひと月ほど前に教室のベランダに止まっていたので、クラスで飼うことにしたと話してから、先生はクラスの生徒たちに、尋ねてくれた。

「小鳥の飼い主があらわれたよ。みんな、どうする？　返していいかい？」

「いやだあ。せっかく馴れたのに。かわいいピーちゃん！」

女の子たちから、いっせいに悲鳴に近い声があがった。無理もない。突然見も知らぬ女の子がやってきて、小鳥を返せと、言ったのだから。

先生はちょっと困って、それからひとりの少年の方を向いた。

「じゃあ、T君にきいてみよう。餌も掃除もひとりで世話をしていたのはT君のようだから。どうする？　T君」

注目されたT君は照れた様子だった。

「連れてってもいいよ。もう、そろそろ煮て食べちゃおうと思ってたところだから」

やさしい少年は、そう冗談を言って返してくれたそうだ。

ピーヤンは戻った。娘と私はピーヤンをかわいがってくれた上級生たちに心から感謝した。誰よりもほっとしたのは息子だった。「よかったわね」と声をかけると、息子はだまってにっこりと笑った。

翌年息子は中学に進学したが、なんと担任は、そのときの大柄な眼鏡の男先生であった。ピーヤンの魔力というべきか。

ピーヤン事件、落着の頃から、息子の態度は大きく変わった。「お姉さんの」「ぼくの」といったこだわりを卒業した。

その後も家では次々と個性的な犬たち、小鳥たちを飼うことになるが、息子は家の全部の動物たちの兄貴のように、ゆったりと、しっかりと、彼等をかわいがった。いつか姉とも対等になった。

私がこんな小さな思い出話をすると、夫は（ほう）といった表情で楽しそうに聞いている。

幼かった息子と小鳥の情景を頭に浮かべながら、夫も私も息子のひとり立ちを喜んでいるのだ。

初空襲の記憶

長く生きた。振り返れば、点綴《てんてつ》する子ども時代の風景が、やさしく浮き上がってくる。

その中に、めぐり合った友だちがいる。本たちがある。脇役の猫もいる。

家の本籍地は東京千代田区麹町6丁目であったが、その家を長女、私にとって長姉に住まわせ、父は金沢に住んでいた。

私は金沢の家で生まれた。しかし、次兄の就職の折、母は兄の世話をするためと云って、父と別居。私たち下の娘三人も連れて、先ず東京の戸山ヶ原近くの家に転居、私が4才の時であった。そして6才のとき、横浜に移り住んだのである。

横浜に移った昭和十三年、私は港に近い戸部小学校に入学した。そして小学四年生、昭和十六年十二月八日、米英との太平洋戦争が勃発したのだった。

日支事変に続く太平洋戦は人々のくらしを大きく変えた。

食糧も衣料も配給制となり、不足がちになった。やがて各家で防空壕が掘られ、隣組という連帯のもとに防空演習も始まった。

年が明け、昭和十七年四月十八日のことだった。

その春三月に巣立った卒業生を学校に迎えてお別れ会を開くことになっていた。在校生のうち、五年生六年生のみが参加出席するということであった。

土曜日だったので午前中の授業を終えた私たちは一度、帰宅して昼食をとったのち、また小学校に集まることになっていた。

早く学校に戻ってきた私たちは校庭の桜の木のそば、遊具のあたりに集まって何となく全員が揃うのを待っていた。

大好きな音楽の男先生が様子を見にこられ、私たちは先生を取りかこんでおしゃべりしたり、鉄棒にぶらさがったりしていた。

四月の青空が本当に美しかった。

と、そのとき突然、警戒警報の大きなサイレンが空一杯の音で鳴り始めたのだった。

——また、防空演習だ——と、思った。

その日、市内で防空演習があるらしかったので、私たちはサイレンを気にもとめずに遊んでいた。

十分ぐらいたっただろうか。

次に、空襲警報のサイレンが鳴った。

私たちは「おやっ」と顔を見合わせ、そのまま立っていた。

すると校庭に面した職員室の戸が開いて、
太った校長先生がゴムまりが弾むような恰好で走り出て、石段を駆けおりてくるのが遠目に見えた。その後を追って、色黒で、すらりと痩せた教頭先生が、やはり、あわてて、ころげおちるように走り出てくる。

校長先生が両手を振って、校庭の生徒たちに「早く校舎に入れ」と、烈しい身ぶりで教えている。日頃、ゆったりとした校長先生がころがるように走る姿は初めてだった。

私たちは、その異常さにやっと驚いたのだった。

校庭の皆は、運動場から入口のスロープにかけこんだ。

三階の五年生の教室にたどりついた私たちのそばには、いつの間にか担任の女先生が立っていた。

「皆、教室に入って運動場側の窓の下に伏せなさい。身体を隠すのです。決して窓から顔をのぞかせてはいけません」

私たちは窓ぎわぴったりの床板に、重なるように伏せた。私の場所は窓の端、教室の隅に近かった。

こわいけれど、外で何が起きているのか、見たいと思った。私は、そろそろと頭をあげ窓の一番下の端からわずかに外を見た。

たった一機の米軍戦闘機が運動場の上を大きく旋回し、それから向い側の民家の屋根の上すれすれの低さで横切った。

パイロットの兵士の横顔が、はっきりと見えた。それはまさしく外国人の鋭い横顔であり、何かを追うような真剣な表情であった。こわかった。

その横顔を私は忘れない。

私たちが、もし、あのまま、ぐずぐずと、運動場にたむろしていたなら、たくさんの犠牲者が出ていただろう。

戦後の今、わかったことは、その日、その一機は東京・横浜一帯を飛び廻って、道を歩く人をねらったのだ。鶴見では学校帰りの一年生が射撃された。

それが日本初空襲の日であった。

そして、六年生卒業の春、私は父のいる金沢に疎開したのだった。

宮沢賢治の『風の又三郎』村岡花子の『桃色の卵』井伏鱒二の『ジョン万次郎漂流

記』講談社の絵本シリーズ、大切な本たちも、人形も置いたまま、限られた寝具や衣服、教科書だけを持って。かわいがっていた猫とも別れ、あわただしく疎開した。

その後、母も激しくなった空襲をのがれ、横浜から父のいる金沢へと、疎開の形で、戻ったのであった。

きびしい変動の風景が、息苦しく浮かぶ。

魅せられた一冊

ミシェル・マゴリアン作『おやすみなさいトムさん』

その本を手にとったとき、私はそこに、かなり違う内容を予想していた。太平洋戦中に、私は縁故疎開をしていた。息苦しい時代を生きていた。

何年か前のことだが、その少女期をふり返り、深く考えてみたいと思い立って、疎開児童を描いた文学作品を読み始めた。作品中の人々の心情に自分の体験を重ねながら次々と読み進んでいた。

その流れで、友人関係の読書家に薦められた海外の疎開ものとして、ミシェル・マゴリアン作『おやすみなさいトムさん』に出会い、手にとったのだった。

戦いとなれば敵味方いずれの側も、若者は戦場に、子どもたちは疎開地へという重圧から逃れられない。イギリスの疎開児童もやはり寂しく親と別れて列車に乗った……と、予想の頁を開いたのだった。

ところが、出だしから私は、違う主題のなかに引き込まれることになったのである。田舎の馬車は轍《わだち》をきしませて、暖かい風景のなかを走り始めていたけれど、考えられぬほど重い話がそこにあった。


母から虐待ともいえる仕置きを受けて育った少年ウィリアム・ビーチがこの物語の主人公である。

母の厳しい扱いのため、おどおどと自信なく内気。友だちからはいじめられ、蔑まれていた。九歳になろうとするのに、字を書くことさえ出来ない少年ウィリーを、割り当てられて引き受けたのが、疎開先のトムおじさんであった。しかもトムおじさんというのが、これも村の人々との付き合いを拒む頑なな存在であった。それには深い理由があるのだが。

トムおじさんは、会ったその日、少年の不幸を見てとった。そして着替えの服も下着も持たずに現れた、いじけた少年の世話が始まる。屋根裏の小部屋に少年用のベッドを作り、熱い湯でおねしょのシーツを洗い、コークスをくべ、温めたミルクを飲ませる。パンやベーコンがウィリーの咽喉をすべりこむさまが目に浮かぶように描かれる。

ウィリアムのために、近所の人にセーターを編んでもらったり、医師に診せたりしなければならない。教会に連れていき、学校の手続きもしなければ、と動くうちに、愛犬サミーだけを相手としていたトムさんも、まわりの村人に対し頑なな心をほどいていくのであった。次第にトムさんのなかにひそんでいた情愛が形となってウィリーにそそがれるようになっていく。

やがて、ウィリーは、自身で決めた誇り高き呼び名、ウィルと呼ばれるようになった。

親友ができた。ユダヤ教信者の疎開児ザックだ。ザックの積極性が更にウィルを強く明るくしていく。他の子どもたちの個性も溢れて、楽しい遊びがくりひろげられる。憧れの女先生ミス・ハートリッジ、図書館のミス・ソーン、親切な隣人フレッチャーの奥さん。様々な触れ合いの日々が、生活感と情感をもって、丁寧に描かれる。背景に庭のかしわの木、墓地の小路、畑の黒苺。のどかな自然がひろがる。ウィルに少しずつ自信が生まれ、隠れていた才能も見出されて光り始める。

しかし、後半、場面は一転する。

母が病気という呼び出しで、空襲のロンドンにウィルは戻される。便りがなくなったウィルは一体どうしたのでしょう。

ついにトムさんは行動を開始する。読者ははらはらする展開に息をのむでしょう。そして夢を語り合ったザックとの別れ。悲しみさまようウィルはザックの情熱が自分のなかに息づいているのを感じたのだった。

ウィアウォルト村の人々と自然が織りなす詩情が美しく、またロンドンの空襲下の庶民のくらしが語られて、時代の姿が読める。

いたましい環境に生まれてしまったウィル少年に、まっすぐな情愛をかけることが、トムおじさんを幸せにした。与える喜びと、共に生きる喜びをもらえたからと思う。

ウィルが心も身体も強く成長したのを確かに感じて、読み終えた私にも喜びがあった。

寒夜

夜更けて、父の床のそばに付き添うのは私ひとりとなった。

脳溢血といわれた父は大きないびきをかいていた。

少し前に医者の往診がすむと、それまでまわりに集まっていた親族たちも家に帰って行った。六畳の畳の部屋に父の布団とならべて私の布団が敷かれ、もう一間には兄夫婦が寝ることになった。

東京や横浜のやけあとは、敗戦後、五、六年たってもまだすっかり立ち直ったとはいえない状態だった。空襲で焼け出された兄夫婦が父と住む都営の戸山アパートは狭く、何人も泊まることはできなかった。

父は七十三歳であった。

「もう、だめかもしれない。倒れたのは三度目だから」

と、帰りぎわに一番上の姉の光子が言ったが、いつも甲斐甲斐しく父を支えてきた光子の言葉だから重みがある。

兄の家は三階だった。

その夜、よりによって突然停電となり、私たちはあわてなければならなかった。意識もない父の枕元で、ろうそくの置き場所に迷う兄嫁の彩子。間もなく電灯はついたが、今度はくみ上げるポンプがきかなくなったらしく、断水である。家庭内の水道は使えなくなった。

私は父の汚れた衣類を洗うため団地の公園の水道までいった。日頃洗濯など母まかせの私が、である。

十二月始めの寒い夜、公園にはもちろん人影などなく、四階建ての団地の群が白くうきあがって並んでいた。灯りはもどっても、人の騒ぎも聞こえない。底知れぬ静かさが迫ってくるようだった。

バケツのなかの衣類を凍えるほどの水で洗いながら、私は、この不自由さのなかで一生を終えるかもしれない父を思っていた。

見上げると満天の星であった。あたりは冴え冴えとした夜気に充ちながら、しかし不安をはらんでいる。私は寒さに身をひきしめた。


思えば昭和十九年、北陸金沢の山の家に疎開した私たちは既に長い食糧統制時代のなかにいた。

東京や横浜の空襲で焼け出された兄姉の家族が山の家にやってきたころには、食料不足はますますひどくなり、敗戦直後の秋は更にきびしかった。ごちゃごちゃ集まった大家族は、きしみながら、父を頼ってくらしていた。

そうはあっても、子どもの私たちは言いたいことがあれば母をとおして言うというふうだったから、父と言葉をぶつけて話すこともなかった。

父は馴れない家庭菜園を山の空き地に作った。父はひとりで、じゃがいもと、かぼちゃと、つる豆をつくり、ついにさつまいもも作った。が、茎や葉ばかり見事に育っていて、大事なお芋の部分は小さかった。

ある日、知り合いから、汽車に乗って行かなければならない遠いところだけれど、さつまいもが買えるという話をききこんだ。母と姉の光子が買出しに出かけることをきめた。そして妹の貴子を連れていくことになった。小学校六年生の妹は遠足に行くように小さなリュックを背負って、うれしそうに、めずらしい外出の出発を待っていた。

父は反対だったらしい。しかし、女たちははりきって出かけた。

その日、夕方になっても母たちはなかなか帰ってこない。父は落ち着かないようすだった。

やがてあたりが暗くなった頃、三人がしょんぼりと帰ってきた。

母も姉も手ぶらであった。

むこうの村を歩いて、やっとお芋を売ってくれるという農家にたどりつき、快くわけてもらった母たちは、ひとり十キロ近くのさつまいもをそれぞれのリュックにおさめ、なかで小さくて細いお芋をほんの少しだけとりわけて妹のリュックにいれ、背負わせた。意気揚々帰りの汽車にも乗った。

ところが走っている汽車のなかで、とつぜん警察の買出しとりしまりにあってしまった。お芋はその場ですべて没収されてしまったが、警官は妹のリュックのお芋はこどもだから、と見逃してくれたそうだった。妹のリュックのわずかのお芋だけが無事だった。

話のあいだ勝気な妹は大きな目をきっと開いてだまっていた。

父が小さなリュックのなかの小さなさつまいもをひとつとりあげると、ふだん見せたこともない明るさで言った。

「どうだい。うまそうな芋。どうだい」

母が疑わしそうな目をあげた。

そのとき、妹がほんの少し笑った。

父は妹のその顔をじっとみつめていた。

敗戦少し前に十三才になった私は、大人とは違う寂しさを胸に秘めていた。

本土決戦ということばが言われだしていた。最後のひとりまで、竹槍ででも戦うのだと。

それは私に恐ろしい絵を想わせるのだった。こどものまま、こんなにおなかをすかせたまま、なんの希望もなく死んでいかねばならないのかと、寂しさがよぎるのだった。

大人たちはもう、あまり無駄な話などしなかったので、戦いのゆくえについて、どう感じているのか、それさえはっきりわからなかった。大人たちがおおかたわかっていたとしても、逃れることもできない末期の場にいたのだ。父も母も集まってきた大家族を養うのに必死だった。

戦後はと言えば、少女であった私はやはり父と話し合うこともない娘であった。父は三重県津市のお寺の長男として生まれた。上京し、東京専門学校（現早稲田大学）に学び弁護士となった。四十歳ごろになってから急に道を修め直して神職についた。

なぜ生き方を変えたのか謎であった。

戦争が終わって私には少しずつ希望が生まれていた。そうなると父の変わった生き方についてもいろいろ考えてしまうのだった。

父は人生に行き悩んだのではないか。何があったのだろうか。

父の本棚の本の背文字を眺めることもあった。揃った本たちにはさまれて、一冊白っぽく目にとびこんできた小さな本があった。『定本木歩《もっぽ》句集』である。父のかくれた気持の一片を語るように思えた。こうして私は勝手に父の像を作っていったのかもしれない。

父は鉈《なた》で大きな枯木を割って薪を作り、私は楽しくそれを運んだ。何も話さないくせに、私ひとりが父のそばでうろうろしていることがあったのだ。


三階に戻ると、やはり父のいびきがきこえた。病による大きないびきはずっと続いていた。夜中ごろ水道の水が出だしたので、私たちはほっとして、横になった。

私は何度か起きて、父の様子をみたり衣類を整えたりしていたが、いつか、うつらうつら、寝入ってしまった。軽く寝入っていた私が、父のいびきがとまった瞬間、はっと目が覚めた。私は飛び起きて、父をみた。そこにはさっきのままの優しい表情があった。しかし息をしている様子はなかった。

「お父さん！　お父さん！」

と、私が父をはげしく呼ぶ声をきいた兄夫婦がとびこんできて父を覆うようにのぞきこみ、それから首を横にふった。

医者がすぐにきてくれた。

「なくなった時刻はいつだろう？」

兄の言葉ではじめて私は時計をみることさえ忘れていたことに気付く。

柱時計は五時二十分をさしていた。

「今から十五分ぐらいは前だから、五時五分だと思います」

未明の連絡だったが、近い親族たちはすぐに集まってきた。

狭い入口に姉の光子が立っていた。

「お父さんがいちばん可愛がっていた尚ちゃんが最後に一緒にいてくれて良かった」

姉は、やさしく、そう言ってくれた。

時計からおしはかった時刻に何分かの違いはあったかもしれなかった。が、そんなことはどうでもよかった。いびきがとまった一瞬を、私の耳ははっきりと記憶していたから。あのとき父は旅立っていったのだ。

夜は、しらじらと明けてきていた。

翼をつくる金魚たち

先頭に立つ阿部先生は女学生の集団をふり返り、「早く渡れ」の身振りをした。

駅近くの踏み切りの向こうは、尚子が知らない道に続いていた。

その道は市の郊外へ伸びるのだろう。

尚子が通う高等女学校2年生のほぼ全員が踏み切りを緊張の面持ちで渡りきった。

遠足ではない。

昭和二十年四月、新学年を迎えると旧制男子中学生と高等女学校生全学年の授業は突然すべて勤労奉仕に切り替えられたのであった。どこか知らない工場に牽かれていく少女たちは、羊というよりも、しっぽを揺らす金魚といった無邪気さを漂わせていた。

引率する阿部先生、これがまた物静かで、集団の引率に向いているふうでもないのだ。長身で髪もやや薄く眼鏡がきらり。僧を思わせる書道の先生であり、生徒たちとあまり馴染みがなかった。

これまでは学徒勤労奉仕隊は3年生以上だったのに、こんど2年生も動員組に加わった。1年生は校庭を掘り返して野菜作り、となればクラスを担任しない書道の先生だってどこへでもついていかなければならないのだろう。

「キーちゃん!」

踏み切りを渡り終わったところで尚子は前方にみつけた木崎さんに声をかけた。

「ナオ、おはよう」

背が高い木崎さんは、低いほうの尚子のところまで、戻ってきてくれた。

尚子は昨年横浜から転校してきたうえ、2年生のクラス替えがあったばかりで、まわりに知っている人が少ない。

キーちゃんも疎開の転校生である。しっかりした木崎さんは心強い仲良しだった。

「どこへ行くのかしら？」

「淺川航空機っていう工場だって。わたしは場所知ってる。もうすぐつくから」

やはり頼もしい木崎さんだった。

町らしい家並みがとだえると、ひろびろとした畑が現われ、そこに大きな淺川航空機工場が建っていた。

尚子たち女学生はいくつかの班にわけられてじゅんぐり、なかを見学することになった。

キーちゃんたち大きい方の女学生は違う班に組み込まれたので、これからは別々になるかもしれない。

ひとつひとつ、上級生たちの作業部屋をまわった。

或る部屋では事務的な帳簿記入をしていたが、ほとんどの部屋は小さな部品を作る仕事をしていた。

どの部屋でも上級生たちは机にむかい座ったままま じめに仕事をしている。

ひとりの工員さんが手本のように、製作を実演してみせる。金属の板を型にあて、かなづちでたたきこんで、「こういう風にしぼるのです」と、みるみる製品を作るのを頷きながらみつめた。

しかし、最後にたどり着いた尚子の働き場所はまるで違うところだった。

「ええっ。ここで何をするの？」

明るい作業場のなかに大きな飛行機の翼が並んでいる。２年生の少女の体格とはかけ離れた大きさである。尚子たちは、恐ろしくだだっ広い作業場の高い天井をみあげてきょろきょろした。

女子向きのこまかな座り作業でないらしいことはわかった。

しばらくしてぞろぞろはいってきたのがやはり新米のやせた男の子たちだったから、また驚いた。あちこちに割り当ててから生徒の員数が余ってしまったので、残りが大部屋に集められたような感じがした。

さて何をする？　大きな翼をどうするの？

阿部先生の姿もみえない。

いままで見学してきたところが女学生の主流の仕事場。先生はあちらの責任者なのだ。

そしてこちらは、はみだしっ子たちの粗っぽい預かり所。どうみても男子系の仕事場にみえる。

やせて小さい尚子は同級生たちの顔をぐるりと確かめた。キーちゃんたちの班はここにいない。

でも元気な竹井さんがいる。棚橋さんも森さんもいる。大丈夫だ。尚子はあらためて高い天井を見上げた。並んだ天窓から春らしい空がのぞいていた。空はあんなにきれいなままなのに。これから先、何がおきるかわからないのだ。

すぐに仕事の説明があった。

大きな翼とみえたものは戦闘機の尾翼だということがわかった。主翼はもっと大きいのだ。尚子たち女の子の仕事は尾翼のかたちの金属板を2枚接合して尾翼を作ることだった。

機械を握っての打鋲である。

見学を終えた女生徒たちは次に広い集会場に集められて先ず工場長の訓示を聞いた。続いて段にのぼったのは黒い学生服の大学生だった。それで医大の学生がこの工場の学徒たちすべての隊長らしいことがわかった。

彼は明るい笑顔で新入りの生徒に歓迎の挨拶をした。「お国の非常時、銃後のご奉公をしっかり勤めるように、ともにやっていきましょう」と語りかけ、少女たちの士気を鼓舞するのだった。

大学生は三人だけだったが、学徒の象徴のようにかっこよく見えた。まわりのともだちも憧れのまなざしを投げかけている。

こうして尚子の工場通いが始まった。

広い作業場にほんものの工員さんは4、5人しかいない。若くて体格のいい工員さんはみな戦場に召集されてしまっていたからだ。中年を過ぎた工員さんたちはみんな穏やかで親切なひとたちだった。しかし、なぜか朝いちばんに今日の仕事を説明した途端、どこかに行ってしまう。

あとは子どもの仕事場だ。女の子たちは助け合って、ひょろひょろふらつきながら馴れない作業をすることになる。

作業がはじまって三日めの朝だった。工場についたとき、キーちゃんが門のそばで待っていた。

「ナオ！　おはよう」

「ああー、キーちゃん」

尚子は泣くような声をだしてしまった。木崎さんの横には櫻田さんがにっこりと立っている。昨年尚子が転校してきたときのクラスで代表委員をしていた桜田さんだった。背が高い木崎さんと櫻田さんはわりといっしょに行動することが多い様子だった。

「ナオはどんなことしてる？」

キーちゃんがのぞきこんだ。

「尾翼を作ってる。電気ドリルで穴をあけるでしょ。そこにリベットをうちこんで、つなぐんだ。すごいの。だだだ、と、ひとりが機械でリベットを打つのを、もうひとりが反対側から手にもった鉄のかたまりで押し返してリベットの頭をつぶすの。からだにびんびんひびくんだ。そうしてボルトをナットでとめるのもやる」

わたしたちの作るものはどんな出来上がりだろう。上手なはずがない。でも仕方ない。できることしかできないんだもの。尚子はそう思うのだった。

三月には東京、大阪の大空襲があった。次は本土決戦と言われ始めている。一億玉砕、最後のひとりになるまで竹槍ででも戦え、と。そしておなかはすいている。

ここで作った飛行機はどこでどうして戦うのだろう。

「キーちゃんは?」

「私たちのクラスだけ半分にわけられたみたいね。大きいほうの私たちは部品の管理で、数えたり、出したり、入れたりしてる」

尚子は「いいなあ、キーちゃんたちは」といってから、ふたりと別れた。

桜田さんはずっとだまってにこにこしていた。

作業場にいくと、竹井さんが床に放り出されている電気ドリルを指して、「そのドリルを使ってみて」と言った。

「うん」。尚子は取り上げて、尾翼のジュラルミンの板に直角にあてがった。スイッチを押す。

ビビ。わっ。感電だ。尚子はドリルを投げ出した。

「こら」。竹井さんを追いかける。いたずらな竹井さんは「感電ドリル。感電ドリル」と笑いながら逃げる。きっと竹井さんもこのドリルを使って、わあっと、飛び上がったのだ。

尾翼のなかを数歩走ったとき、尚子はこの大部屋には歩き回れる自由があることをうれしいと感じた。竹井さんと尚子、ほんの少し少女らしい笑い声をあげて追いかけっこができたのだ。

部屋の向こう側では男の子たちが作業をしている。足場を組んで女の子ができない高い位置の仕事を黙々とこなしている。

廊下にはところどころに『オシャカを作るな』という戒めのポスターがはってあった。

だらりと駄目な翼を肩からぶら下げたお釈迦さまが泣きながら歩いている絵が画いてあるポスターだ。それを眺めると、今じぶんたちが作っている翼がそのオシャカであるかのような不安が胸をよぎった。

感電ドリルは工員さんに届けられて姿を消したが、やがて6月にはいり梅雨がはじまると、天井からの雨漏りや、強い風雨のふきつけで濡れた現場ではやはりときどき弱い感電があってこわかった。

今日はひさしぶりに晴れ間が出た。

と、ほっとしていた昼すぎ、突然警戒警報が、続いて空襲警報が鳴った。

「あちらの防空壕だ」

工員さんがどなりながら現われた。

女の子たちは工場の横の畑に掘られた工員さん用の防空壕に逃げ込んだ。畑に掘られているのだから、空から丸見えの場所である。むっと湿った土のにおいがした。汗ばんだ腕がくっつきあうぐらい、ぎゅうぎゅうづめで、みんなは息をころしている。ひとりの工員さんだけが壕の入り口から、身体を乗り出して空を見上げて「偵察機だろうか。一機だけだ」といっている。

「危ない。ちゃんとはいってください」

工員さんは聞こえないのか、動かず見張っていた。敵機は頭の上を通過していった。爆撃機ではなかった。空襲警報解除のサイレンが鳴る。良かった。空襲はなかった。お互いゆずりあいながら、壕を出る。父とも母とも離れて、もしかしたら、いっしょに死ぬことになるかもしれないともだちが、普通に、ここにいた。

そのころになると、飛行機を作る材料が次第になくなってきているのだろうか、ときどき仕事がない日があった。いいニュースはひとつもなく、部屋の空気は沈んでいた。

或る日、2年生女子たちと、少ししかいない2年生男子たちだけが広い集会場に集められた。とつぜん、呼び集められたので、生徒たちはそれぞればらばらにやってきて、おもいおもいの場所にしゃがみこむことになった。それでも何となく整然と列ができていた。キーちゃんが尚子をみつけて、すぐ後の列に陣取った。桜田さんもいっしょ、尚子ににこっと笑ってみせる。

全員揃ったところで、初めて工場に来た日に演説をしたあの大学生が壇上に立った。段の下にはほかのふたりの学生と阿部先生が並んでいる。

他の大学生も働いているはずなのに、いつもあの3人しかいないのだった。

学生の隊長が少し考え込む様子をみせてから口を開いた。最初のときのように明るい笑顔ではなかったけれど、国難の今こそ皆にがんばってほしいのだと、しっかりと上級生の後につづく仕事をするように訴えた。やはり熱のこもった話かけだった。みんな彼の言うことは充分わかっていた。わたしたち、一所懸命やっている。尚子は、ひざを抱えて座ったまま、隊長さんをみつめていた。

大学生が「じゃあ、女子学生の人にも何かひとこと言ってもらおうかな。誰か代表は？」と、阿部先生をふりむき、訊ねた。

阿部先生は全員をみまわしてから、尚子の周辺で目をとめた。「桜田さんはいるか。桜田さん」そして「代表で言ってください」と促す。

桜田さんが立ち上がった。

「私は言えません」

思いがけない言葉だった。

「戦場で戦っている兵隊さんに感謝し、私たちも銃後を護り一所懸命がんばります」と言うはずだった。小学校の四、五年生にでもなれば代表者はそれぐらい言えるのが普通である。小学生などは力一杯はきはきと答える。中学2年生の代表、桜田さんが言えないはずはない。東洋史の授業では堂々と古代の中国について述べていた桜田さんだもの。

阿部先生は桜田さんが遠慮したのかと思ったらしい。「言いなさい」という身振りをする。座りかけていた桜田さんが再び立って、はっきりと大きな声で「いやです」と言った。

会場がしんとなった。気まずい沈黙が一瞬のうちに会場にひろがった。驚いた尚子はそっと振り返って桜田さんを見た。キーちゃんが小声で「そんなこと言ったら駄目よ」ときびしく桜田さんに忠告した。桜田さんはまっすぐ前を向いている。たいへんなことにならなければいいのに。女の子たちは身をひきしめた。

大学生の隊長さんはちょっと顔をこわばらせ、桜田さんをにらみつけていたが、すぐに男の中学生に向かい、「では、男子の代表の言葉をききましょう」と、問いかけを変えた。男の子の代表がしっかりと時局の心構えを答えたので、その場はそれで落ち着いたが、女学生たちは、集会を盛り上げることもできずに肩をおとして持ち場にひきあげることになった。「どうして?」、と疑問を持ちながら、誰も桜田さんのことを口にしなかった。

事件はその二日後に起きた。朝、工場の門をはいると、何かを遠巻きにしている女学生の人垣ができていた。尚子もそのすきまにはいって中を見た。けんかだった。

大学生の隊長さんと阿部先生が、むしゃぶりつくように組み合っていた。白い半袖シャツの学生とうすいカーキ色のシャツの先生が激しく押し合っている。女学生たちが心配そうに、みつめている。

「どうしたの?」誰にともなく訊くと、「学生が先生を待っていて、『女子の仕事が生ぬるい。集会での態度が悪い。大体、先生のきびしい統率ができていない』ってくってかかったのよ。私はすぐ近くできいたんだから」と最初から見ていたらしい誰かが昂奮を押し殺すようなくちぶりで言った。

若い青年のほうが強かった。こぶしのひとふりで、阿部先生の眼鏡がはずれて飛んだ。

先生がよろめいたところを学生が一突きする。阿部先生はあっけなく倒れた。

「ああっ」

女の子の声。

けんかは終わった。先生はよろよろと起きあがると地面に落ちた眼鏡を拾い、生徒たちのほうをみることもなく歩き出した。学生はかすかに頭をさげる様子をみせてから、だまって立ち去った。女学生たちも羊のように、静かに動き出す。

だまって仕事をがんばるしかない。先生の後姿をみてそう思うのだった。


それから何日かたった。

尚子が仕事を終えて帰る支度をしているところへキーちゃんがやってきた。

「桜田さんが、あれからずっと休んでいるの。今日、阿部先生からも『桜田さんはどうしてる?』って訊かれた」

「どうして休んでるの?」

「風邪をひいたからだって」

「桜田さんは阿部先生がけんかなさったのを知ってる?」

「さあ。」

ふたりははっきりしない会話をした。

キーちゃんは桜田さんのこと気がかりなのだ。

「桜田さんに連絡をたのまれてる」

「私もいっしょに行っていい？」

桜田さんに会いたくなった。

「うん。だから誘うつもりで来たの。いっしょに行ってくれるかな？」と、キーちゃんが言った。


桜田さんの家は駅に近いから、歩いてもすぐのところだった。小さくかわいい玄関の戸をあけると、すぐ部屋だった。きちんと片付いた明るい部屋で、桜田さんは普通の服をきてふたりを迎えいれる。

「病気じゃなかったの？」

「うん、もういいがや」

桜田さんは家に帰ると、地方言葉に帰っている。その部屋の奥に同じくらいの部屋がもうひとつある。二部屋に小さな土間の台所だけの小さい家。奥の部屋の窓から陽光がさあっとはいって、壁掛けにも花瓶にも鏡台かけにも女らしい色彩が気持ちよく溢れている。

3人はちいさな座卓をかこんで座った。

「ひとりだけ？」キーちゃんは家の中を眺め回している。

「そう。お母さんとお姉さんはまだあちらで仕事ながや」

桜田さんが窓をふり返った。尚子たちはつきあたりの窓に近づくと外を見た。窓の向こうは遊び場のようだった。垣根ごしに幼稚園の庭なのだ。尚子たちは桜田さんのお父さんがなくなっていて、お母さんとお姉さんがすぐ裏にあたる幼稚園で働いていることを知った。お母さんの帰りを待ちながら、この部屋でひとり座って勉強している小学生だった桜田さんの姿がふと浮かぶ。

「はい、阿部先生からの連絡」

キーちゃんが一枚の紙を渡した。桜田さんがはっとした顔を向けた。それは今日全員にくばられた学校からのお知らせだった。わら半紙にガリバンで七月に一日だけ全校登校日があると書いてある。

「先生、心配していらっしゃるのよ」

「わざわざ届けてくれてありがとう」

桜田さんはキーちゃんだけではなく、阿部先生にもお礼を言っているように聞こえた。

卓上のお皿にひともりの煎り豆がある。桜田さんが恥ずかしそうに笑った。

「お母さんがおやつをおいていってくれたがや。昨日は大事にゆっくりたべていたら、帰ってきたお姉さんが『私にも少したい』って言うたんや。とられてしもうた」

キーちゃんと尚子は笑いをこらえて顔を見合わせた。あどけないふりをしているのだろうか。そう思うほど桜田さんは愛らしかった。

きっとお母さんとお姉さんに可愛がられて大切にされているのだ。いつもがんばって働くお母さんお姉さんと、幼稚園のこどもたちを見て育った桜田さん。集会場で「いやです」と答えたときは、どうしたことかと思ったけど、しっかりとした学級代表委員の桜田さんも、あどけないくらいに愛らしい桜田さんも同じ人だ。

「元気になってよかったあ。わたしたち、帰るからね」

キーちゃんが言うと、桜田さんも立ち上がった。

「あした、お医者さんにみてもらって学校にいってもいいと言われたら、次の日から、工場に行きます」

ふたりは工場のことをちょっと話し合っている。尚子はもう一度窓際に歩いていった。

幼稚園の庭はひっそりとしていた。ブランコにもすべり台にもひと気がない。数本の青桐の木が園の番人だ。尚子は向きを変えた。ふと箪笥の上にならんだかわいい人形たちの横に写真立てがひとつあるのに気がついた。航空特攻隊の少年兵だろうか、中学生くらいの少年の写真だった。誰？　親類？　それを訊ねていいのか、尚子はなぜか躊躇した。

キーちゃんと話している桜田さんの後姿は立ち上がったのですごく大きくみえる。「いやです」と幼いほど素直に言っていたあの言葉にはびっくりしたが本当の気持がこめられていたのではないか。

尚子はキーちゃんと外に出た。

ふたりが肩からかけているかばんには空っぽのお弁当箱だけ。教科書もノートもはいっていない。

「桜田さんが元気になっていてよかったね」

という尚子に

「あさってには出てくるから」

キーちゃんがまるで桜田さんのお姉さんのように答えた。

あとがき

子育てのさなかに、はじめて書いた童話が『はしを　わたって』です。児童誌『子ども世界』に載せていただき、私のささやかな道がはじまりました。

また、児童文学学校の講座に出席するために書いた話が『ヤスさんといたちの村』です。

大石真先生、鶴見正夫先生、岩崎京子先生、大川悦生先生、諸先生方から親身のご指導をいただき、すぐれた仲間たちからも力をいただきました。

そして、家族の喜びや悲しみを抱え、児童文学のそばを歩きながら、私は自分らしさを作ってきたとも云えます。

小さな作品ばかりですが、このたび、詩人の菊永謙先生と、四季の森社の入江隆司様のご配慮で一冊の本にまとめることができました。

画家の浜田洋子様の表紙とさし画も、情熱と深い味わいが感じられます。

皆様のご厚意に心から御礼を申し上げます。

千田ふみ子

著者　千田ふみ子
一九三一年　東京都出身
大石真児童文学研究会にて、大石真に師事
現在『ざわざわ』（草創の会）会員
著書『エンゼルうさぎ空をとぶ』
『とら猫タムの月祭り』

画家　浜田洋子
東京都生まれ。武蔵野美大・油絵科卒業。
児童書の挿画、絵本の仕事を中心に活躍。
主な作品『クリスマス・キャロル』（金の星社）、
『わんぱくビート』（あかね書房）など。

翼をつくる金魚たち　千田ふみ子作品集

2019年12月10日　第一版第一刷発行

著　者　千田 ふみ子
　絵　　浜田 洋子
発行者　入江 真理子
発行所　四季の森社
〒195-0073　東京都町田市薬師台 2-21-5
電話　042-810-3868　FAX 042-810-3868
E-mail: sikinomorisya@gmail.com
印刷所　シナノ書籍印刷株式会社

　ISBN978-4-905036-18-0 C0093